AF459051

L27 n
26954

Mme D'HEUDICOURT

ET

Mme DE MAINTENON,

Par M. Ch. REVILLOUT.

La petite ville de Pons, située dans le département de la Charente-Inférieure, sur la route de Bordeaux à Saintes, appartenait, au moyen âge, à une maison puissante par l'étendue de ses domaines. Au commencement des guerres de la Réforme, les principaux représentants de cette maison se déclarèrent pour les opinions nouvelles, et jouèrent un rôle important dans les armées et dans les conseils du parti protestant. Mais après la pacification religieuse, les seigneurs de Pons quittèrent leur province pour venir à la Cour se mêler à la brillante noblesse qui, sans distinction de religion, se pressait autour du trône. Tous ces gentilshommes, ainsi réunis auprès du souverain, ne songeaient guère alors qu'à s'amuser et se divertir. Protestants et catholiques ne gardaient plus, des passions farouches qui avaient animé leurs pères, qu'une humeur bouillante et irascible, et se montraient, à qui mieux mieux, toujours ardents à tirer l'épée dans des querelles particulières pour les motifs les plus frivoles ou les plus insensés. Du reste, galants et empressés auprès des dames, «pousseurs de tendresse et de grands sentiments», ils se pâmaient aux tirades héroïques de Corneille, et dévoraient avidement les longs romans de La Calprenède ou de Mlle de Scudéry. Au milieu de ces fêtes et de ces divertissements, les anciennes divisions semblaient complètement évanouies; et si le service divin n'eût point, à certains jours, appelé les uns à la messe et les autres au prêche, on n'aurait pas su discerner parmi ces jeunes nobles, également occupés de duels, de plaisirs et de galanteries, ceux dont les pères ou les grands-pères combattaient naguère à outrance ce qu'ils nommaient les impuretés de Babylone. Les dames protestantes elles-mêmes se mettaient à imiter leurs pères ou leurs maris, et telle dont l'aïeule, puritaine austère et rigide, avait vécu dans la grave compagnie de Jeanne d'Albret, se jetait à corps perdu dans les joies mondaines et dans les compagnies les plus dissipées. La famille de Pons se laissa, comme les autres, entraîner par le torrent, et, tandis que l'un de ses membres les plus considérables, Isaac-Renaud de Pons, marquis de la Caze, était fier de compter parmi les petits-maîtres célèbres [1], sa sœur Susanne, une des filles de la reine Anne d'Autriche, se rendait aussi fameuse par sa beauté que par sa conduite inconsidérée et l'extravagance de ses amours avec le duc de Guise[2].

C'est de cette famille calviniste ainsi transformée que sortit, au commencement du règne de Louis XIV, une femme dont la vie se trouve intimement et presque continuellement mêlée à celle de Mme de Maintenon : je veux parler de Bonne de Pons, marquise d'Heudicourt.

La biographie de cette dame ne présente pas, il faut l'avouer, le vif et puissant attrait qui s'attache à quelques-unes de ses illustres contemporaines : elle ne s'est pas montrée une héroïne de guerre civile, et plus tard un modèle de pénitence, à la façon de la duchesse de Longueville ; elle n'a pas réussi, comme la tendre La Vallière ou la superbe Montespan, à régner sur le cœur de Louis, et malgré tout son esprit, ses lettres ne se sont pas conservées et ne lui ont pas conquis dans l'admiration de la postérité la place de Mme de Sévigné. Mais si la fortune ou le génie ne l'ont pas mise au premier rang dans les souvenirs de l'histoire, si même sur la grande scène du monde

---

[1] Tallemant des Réaux; *Historiette de Madame de Gondran*. Éd. Montmerqué et Paulin Paris, tom. V, pag. 463 ; *Gazette* de Loret, 12 octobre 1652.

[2] Tallemant ; *M. de Guise, petit-fils du Balafré*, tom. V, pag. 337 et suiv. — On a souvent confondu cette première *belle de Pons* avec Madame d'Heudicourt. Cf. *Mém.* de Mademoiselle, collection Petitot, 2e série, XLII, 59. *Mém.* de Madame de Motteville, coll. Petitot, 2e série, XXXVII, 306 et suiv. ; 312, 339 et suiv. ; 348.

elle n'a guère, à dire vrai, joué d'autre rôle que celui d'une figurante, elle n'est pas moins un type curieux du grand siècle. C'est, en effet, dans son expression la plus accentuée, le caractère de la femme de Cour : elle est née pour ce pays-là, elle en est folle, elle ne peut s'en passer, capable, pour y rester et s'y maintenir, d'essuyer toutes les humiliations et de tout souffrir. A l'intérêt de cette vocation si prononcée et si impérieuse, Mme d'Heudicourt en joint un autre bien plus considérable pour l'histoire. Non-seulement sa vie a été liée à celle de Mme de Maintenon, qu'elle a connue dans toutes les fortunes, mais encore elle est entrée dans la familiarité la plus intime de Louis XIV, et cela dans tous les temps, aussi bien lors des jeunes amours de ce prince que depuis son mariage avec la veuve de Scarron : de sorte que les mémoires de Mme d'Heudicourt, s'ils existaient, seraient presque les mémoires mêmes du cœur du grand Roi. Étudier cette vie tout à fait secondaire en elle-même, mais mêlée à tant de choses importantes, c'est donc encore étudier la vie intime de Louis XIV; et ce prince, malgré ses fautes et ses faiblesses, est véritablement trop grand pour que rien dans son histoire puisse être complètement indifférent à la postérité.

Le père de Mme d'Heudicourt, Pontus de Pons, seigneur de Bourg-Charente, appartenait à une branche cadette. Il mourut sous la régence d'Anne d'Autriche, en laissant dans la gêne deux filles, dont l'une se nommait Élisabeth, et l'autre Bonne. Les deux sœurs étaient belles et de haute naissance ; mais « elles n'avaient pas de chausses », comme le dit Saint-Simon dans son rude et vigoureux langage [1] ; elles auraient donc trouvé difficilement à s'établir, si par bonheur elles n'avaient eu pour protecteur un de leurs proches parents, le maréchal d'Albret, dont la grand'mère était sortie de la maison de Pons [2].

Ce maréchal, appelé d'abord Miossens, portait les prénoms prétentieux de César-Phœbus, et se vantait de descendre des anciens rois de Navarre [3]. Il avait gagné, pendant la Fronde, son bâton en conduisant à Vincennes le grand Condé et son frère, le prince de Conti. Bien qu'arrivé fort jeune, et sans avoir jamais commandé d'armée, à la plus haute dignité militaire, c'était

---

[1] Saint-Simon ; éd. Chéruel, in-12. VII, 33 ; in-8°, XI, p. 54.
[2] *Ibid.* ; I, 227 ; éd. in-8°, I, 368.
[3] Cf. Saint-Simon ; VII, 31 et suiv. ; éd. in-8°, XI, 60 et suiv.

un homme dont le mérite égalait l'industrie et le savoir-faire, et qui se montra toujours à la hauteur de sa fortune. Dans un temps où les courtisans et les gentilshommes aimaient presque autant les plaisirs de l'esprit que les exercices violents du corps, et les divertissements de l'intelligence que les travaux de la guerre, César-Phœbus ne s'était pas rendu moins célèbre dans les ruelles, parmi les précieux et les précieuses, que dans les camps, au milieu des soldats. Son hôtel et celui de sa belle-sœur, la duchesse de Richelieu, étaient, au sortir des troubles de la Fronde, l'école de la bonne compagnie, le rendez-vous de tout ce que la Cour et la Ville avaient de plus illustre. Là se rencontraient les amis et les amies de Mme de Sévigné : l'abbé Testu, Mme de Coulanges, Mme de Lafayette et la plupart de ces femmes distinguées par leur esprit ou par leur beauté, dont la correspondance de la sémillante marquise nous a rendu les noms si familiers.

C'est dans un de ces hôtels, formés sur le modèle du célèbre hôtel de Rambouillet, que le maréchal d'Albret fit venir les filles du seigneur de Bourg-Charente. Il se glorifiait de ses ancêtres, les anciens rois de Navarre ; mais cette prétention ne le rendait point insensible à l'honneur de descendre, par les femmes, des anciens seigneurs de Pons. Il ne pouvait laisser dans la misère et dans l'obscurité ses parentes orphelines ; il les appela donc à Paris, dans sa maison, et s'occupa de les établir [1]. Fort heureusement pour elles, ce protecteur était aussi dévoué que puissant. « Il se charge, dit Saint-» Évremond, des affaires de ses amis comme des siennes ; industrieux, » ponctuel, diligent à les poursuivre, ne comptant pour rien ces offices » généraux dont les liaisons ordinaires s'entretiennent, il ne croira pas que » vous deviez être content de lui, et ne le sera pas lui-même, qu'il ne vous » ait efficacement servi [2] ». L'aînée des demoiselles de Pons, Élisabeth, née vers 1636, fut pourvue la première. C'était, au rapport de Saint-Simon, qui ne l'a connue que fort tard [3], « une grande femme qui faisait peur par la longueur de sa personne. Avec cette taille extraordinaire, des yeux vifs, un visage allumé, de longues dents blanches qui paraissaient fort, elle avait, dans

---

[1] Saint-Simon ; I, 227 ; VII, 33 ; éd. in-8°, I, 368, XI, pag. 54.

[2] *Les véritables œuvres* de Monsieur de Saint-Évremond. Londres, Jacob Tonson. 1706, in-12, II, 393.

[3] Saint-Simon ; tom. I, pag. 227.

sa vieillesse, l'air d'une sorcière [1].» Elle épousa le frère du maréchal, François-Amanieu d'Albret, seigneur d'Ambleville et comte de Miossens, le même qui, n'étant encore que chevalier d'Albret, avait tué en duel le mari de Mme de Sévigné. Mais ce fort joli garçon, bien fait, bien spirituel, et qui tuait fort bien le monde [2] », vingt et un ans plus tard (1672) périt à son tour dans une rencontre avec Saint-Léger Corbon et laissa Élisabeth de Pons veuve et sans enfants [3].

Bonne de Pons, plus jeune de huit ans que Mme de Miossens, en avait environ dix-sept lorsqu'elle arriva de la province. Grande et élancée ainsi que sa sœur, elle était alors « belle comme le jour [4] » et ne plaisait pas moins par son esprit plein de naturel et de saillies que par sa beauté. Les soupirants se pressaient en foule autour de la nouvelle-venue ; et le maréchal lui-même, si l'on en croit la chronique scandaleuse [5], ne fut point indifférent à ses charmes.

On était à l'époque la plus brillante de la jeunesse de Louis XIV. Les résidences de Saint-Germain ou de Fontainebleau étaient le théâtre de plaisirs et de divertissements sans fin [6]. Mlle de Pons était trop belle et trop aimable pour ne pas la produire dans cette cour fastueuse. La maréchale d'Albret la conduisit à Fontainebleau, où le Roi passait l'été qui suivit la mort de Mazarin et précéda l'arrestation de Fouquet (1661). Bonne ne tarda point à se distinguer parmi cet essaim de jeunes et belles femmes qui étaient alors attachées aux deux reines et à la duchesse d'Orléans [7]. Sa beauté, son esprit, son air délibéré, ses manières un peu trop libres, attirèrent bientôt tous les regards. Jeune et nouvellement venue de la province, elle était encore peu faite aux usages de la Cour, et n'avait pas, dit charitablement Mme de Lafayette dans l'Histoire d'Henriette d'Angleterre, « toute l'habi-

---

1 Saint-Simon; VII, 31.

2 Tallemant; *Madame de Gondran*, tom. V, 476.

3 Saint-Simon; VII, 31.

4 *Ibidem*; I, 227.

5 *Ibidem*; I, 227.

6 Voir les *Mémoires* de Choisy ou de Madame de Lafayette.

7 Elle figure (justement avec Mademoiselle de La Vallière et Mademoiselle de Chemerault) dans le ballet royal des *Saisons*. (*Œuvres* de Benserade, II, 220 et 221.)

leté imaginable[1]». Elle était d'ailleurs mal surveillée par la maréchale, et, comme elle était emportée par la fougue du plaisir, elle fit bientôt trop parler d'elle dans une Cour où la belle galanterie était à la mode. Il n'était alors bruit, parmi les courtisans, que des attentions prodiguées par le jeune monarque à sa charmante belle-sœur Henriette d'Angleterre, duchesse d'Orléans. La reine-mère Anne d'Autriche et Monsieur s'en alarmèrent et firent à Louis XIV et à Madame de sérieuses représentations. Pour faire cesser ce grand bruit et éblouir le public, ils convinrent entre eux que le Roi feindrait d'être amoureux de quelques belles personnes de la Cour. Ils jetèrent tout d'abord les yeux sur Mlle de Pons, plus facile à compromettre que les autres, à cause de son inexpérience et de sa légèreté. Ils choisirent encore avec elle Mlle de Chemerault, une des filles de la Reine, fort coquette aussi, et Mlle Louise de La Vallière, attachée à Madame, « fort jolie, fort douce, et surtout fort naïve[2]». Le Roi, fidèle au plan qu'il avait concerté avec Henriette, commença à faire l'amoureux de ces trois personnes et à leur débiter des douceurs. C'était une tentation bien forte, et les trois belles s'y laissèrent séduire. Pouvait-il en être autrement dans cette cour idolâtre, où tant d'âmes faibles et glorieuses étaient prêtes à répondre au jeune monarque, comme Narcisse dans *Britannicus :*

« Maître, n'en doutez pas, d'un cœur déjà charmé,
» Commandez qu'on vous aime, et vous serez aimé [3]».

Mais on ne joue point avec la passion, et, fût-on roi, tel est pris qui croyait prendre. Insensiblement le cœur de Louis se détermina pour La Vallière, et alors commencèrent ces timides amours que le prince essaya longtemps de cacher sous l'ombre du mystère. « Heureux dans sa faiblesse s'il avait, dit un contemporain, toujours gardé une pareille conduite, et si, par une vaine » ostentation de ses plaisirs, il n'eût point donné de scandales[4] ! »

Bonne de Pons s'était la première laissé tromper par les fausses attentions que le Roi montrait pour elle, et sa joie indiscrète attira bientôt les soup-

[1] Collect. Petitot, 2e série, LXIV, 398.
[2] Madame de La Fayette ; *Ibid.*
[3] Racine ; *Britannicus*, II, 2.
[4] *Mém.* de Choisy, collect. Petitot, 2e série, LXIII, 234.

çons de la Reine-mère; Anne d'Autriche eut peur de cette jeune fille enjouée et si libre dans ses allures; elle chargea Mme de Motteville, sa confidente, de la faire avertir de « demeurer à la Cour avec plus de régularité». Mme de Motteville en parla à son amie, Mme du Plessis, proche parente de la maréchale d'Albret ; mais cette intermédiaire, « par un empresse-»ment inutile de vouloir plaire à la Reine-mère en faisant plus qu'elle »ne lui avait demandé », ne se contenta pas d'avertir la demoiselle, et prit un prétexte pour la ramener brusquement à Paris. Elle lui annonça que le maréchal y était malade, et partit sur-le-champ avec elle et Mme de Motteville[1]. Lorsque ces trois dames arrivèrent à la porte de l'hôtel, on leur dit que le maréchal était sorti. Grande fut la douleur de Mlle de Pons, quand elle trouva son protecteur en bonne santé et reconnut le sujet pour lequel on avait supposé la maladie[2]. Le Roi, qui n'était pas encore complètement engagé avec La Vallière, fut fort irrité de cette supercherie ; il en fit de fortes plaintes à la Reine-mère et ne pardonna point à Mme de Motteville la part qu'elle y avait prise. Toute cette colère fut inutile à Bonne de Pons; pendant son absence, le cœur du prince acheva de se prononcer, et quand, après le voyage de Fontainebleau, elle retourna à la Cour, pleine d'espoir et d'ambition, la place était prise par Mme de La Vallière. Ce fut ainsi que la parente du maréchal d'Albret manqua l'occasion de devenir favorite.

Ce cruel désappointement ne la corrigea pas de sa légèreté naturelle et du désir de plaire. Elle revint à la Cour, et si Louis XIV ne feignit plus de lui adresser des douceurs, il la voyait pourtant avec un certain plaisir. C'était alors la mode de ces ballets dans lesquels le roi aimait à danser en personne avec les plus grandes dames et les plus grands seigneurs de France[3]. Bonne de Pons eut plusieurs fois, avant comme après sa mésaventure, l'honneur de figurer dans ce divertissement, et les vers que l'on composait à cette occasion pour elle montrent bien quelle était à son sujet l'opinion du monde. Dans le ballet des *Saisons*, elle forme avec Mlles de La Vallière,

---

1 *Mém.* de Mme de Motteville, collect. Petitot, 2e série, XL, 165.

2 Madame de Caylus, collect. Petitot, 2e série, LXVI, 443.

3 Voir l'histoire du ballet de cour, dans les *Contemporains de Molière*, par Victor Fournel, tom. II, pag. 173 et suiv.

de Manneville et du Fouilloux[1] le cortége de Diane, et voici les vers que lui adresse alors Benserade, le poëte par excellence des fêtes royales et de la bonne compagnie. C'était encore au temps où le roi semblait lui faire la cour :

> Parmi tous les appas dont vous êtes pourvue,
> Votre légèreté vous dérobe à la vue :
> Elle est, dans votre danse, en un si haut degré,
> Qu'Amour même s'en étonne,
> Lui qui trouve que personne
> Ne va trop vite à son gré[2].

Il est impossible de railler avec plus de grâce le défaut habituel de Mlle de Pons; mais le président de Périgny, qui se piquait aussi de faire des ballets, ne frappe pas moins juste dans les *Amours déguisés* (1664). Bonne y fait son entrée sous l'habit d'une nymphe de Flore, en chantant ce couplet :

> D'une âme toujours libre et désintéressée
> Dans l'échange des fleurs que nous faisons ici,
> Si je donne quelque pensée,
> Je ne prends guères de souci[3].

Enfin, Benserade, qui se piquait, comme il est dit dans le privilége de ses œuvres, « de confondre le caractère des personnes qui dansaient avec le »caractère des personnages qu'elles représentaient[4]», achève de nous peindre Mlle de Pons dans le ballet de la *Naissance de Vénus*. Elle y paraît en Néréide, et débite ces vers :

> Suivant les doctes discours
> Que nous tiennent tous les jours
> Les coquettes et les prudes,

---

[1] Mesdemoiselles de Manneville et du Fouilloux avaient vivement frappé l'imagination de Racine; *Lettre* à La Fontaine, datée d'Usez, le 11 novembre 1661. Éd. Hachette, in-8°, tom. VI, pag. 415.

[2] *Œuvres* de Benserade, Paris, Ch. de Sercy, 1697, tom. II, pag. 221. Ce ballet a été dansé à Fontainebleau en 1661.

[3] *Ibid.*, pag. 312. «C'est par erreur, dit M. Victor Fournel (note de la page 195), que le ballet des *Amours déguisés* a été compris dans l'édition des *Œuvres* de Benserade donnée en 1697. »

[4] Termes exprès du privilége donné le 17 mai 1696.

Des galants et des époux
Les uns sont un peu trop rudes,
Les autres un peu trop doux.
Celle qui d'un air timide
Balance entre ces deux maux,
A proprement parler, c'est une Néréide
Qui nage entre deux eaux[1].

Ces succès de Cour, où d'ailleurs elle était éclipsée par des beautés plus en vogue, ne suffisaient point à Mlle de Pons; elle essayait ailleurs le pouvoir de son esprit et de ses charmes, et brillait surtout parmi la compagnie d'élite qui se réunissait dans les hôtels du maréchal d'Albret et de la duchesse de Richelieu. « Bizarre, naturelle, sans jugement, pleine d'imagination, toujours nouvelle et divertissante, elle ne pouvait ouvrir la bouche sans faire rire[2] », et séduisait par son étourdissant badinage ceux qui restaient insensibles à sa merveilleuse beauté. «Elle plaisait extrêmement, dit Saint-Simon, au maréchal et à bien d'autres[3]».

Parmi les femmes qui fréquentaient à cette époque l'hôtel d'Albret, il y en avait une qui se distinguait par les saillies mordantes de son esprit railleur autant que par les grâces infinies de sa personne : c'était la fille cadette du duc de Mortemart, connue d'abord sous le nom de Mlle de Tonnay-Charente, mais bien plus célèbre ensuite sous celui de marquise de Montespan. En se mariant, elle devint cousine-germaine du maréchal d'Albret, et depuis lors, comme le dit Saint-Simon avec sa familiarité ordinaire, elle et son mari ne bougeaient plus de chez lui[4] ! C'est là qu'elle fit une connaissance plus intime avec Mlle de Pons. Dans les premiers temps de son mariage, ses sentiments paraissaient honnêtes, sa conduite réglée, et sa réputation bien établie[5]; mais son esprit et ses charmes lui attiraient bien des hommages et l'exposaient à bien des périls.

Avec la fille des Mortemart, Bonne de Pons rencontrait à l'hôtel d'Albret

---

1 *Œuvres* de Benserade, tom. II, pag. 333.

2 Madame de Caylus, pag. 417.

3 Saint-Simon ; I, 227.

4 *Ibid.* ; I, 227.

5 C'est Madame de Caylus, écho de sa tante, Madame de Maintenon, qui parle de cette

une dame moins jeune et plus modeste, mais non moins aimable, et destinée, comme Mme de Montespan, à gagner les affections de Louis XIV: c'était la veuve du poète Scarron, Françoise d'Aubigné. Dans le temps où le mari de cette dame attirait dans sa maison, par son esprit burlesque, une foule de gens que Tallemant appelle ses flatteurs, le maréchal d'Albret «jeune lui-même, fort galant et fort peu dévot», avait été des plus assidus[1]; aussi, quand le pauvre Scarron fut mort, devint-il naturellement le protecteur de sa veuve. Il la fit connaître à sa femme et à sa belle-sœur[2], et c'est ainsi que Françoise d'Aubigné fut introduite dans les hôtels d'Albret et de Richelieu. Sa situation y était bien quelque peu singulière, et si tous ceux qui l'approchaient de près parlaient avec estime de son mérite et de sa vertu[3], la malignité publique ne l'épargnait guère et répandait contre elle les insinuations les plus calomnieuses[4]. Une autre aurait fait taire ces bruits injurieux en se confinant complètement dans la retraite; mais, malgré tout son sérieux, Mme Scarron aimait

---

réputation bien établie, pag. 366. Son dire semble confirmé par Benserade, dans le ballet royal *des Muses*, 1666. Il fait dire aux loups:

Elle est prompte à la fuite
Et garde une conduite
Dont chacun est surpris!

Toutefois le malin poète ajoute:

Mais nous en avons pris
Qui tenoient mesme route,
Et nous serions sans doute
Au comble du bonheur,
N'étoit son chien d'honneur!

Œuvres de Benserade, tom. II, 362. — Les *Contemporains de Molière*, tom. II, pag. 593.

[1] Tallemant; *Le petit Scarron*, VII, 40 et suiv. — Saint-Simon; I, 227.

[2] *Souvenirs* de Madame de Caylus, pag. 366.

[3] Th. Lavallée; *Corr. générale*, tom. I, pag. 80. et suiv., pag. 104; et surtout M. de Noailles; *Histoire de Madame de Maintenon*, tom. I, *passim*.

[4] Saint-Simon recueille avidement tous ces bruits calomnieux; mais il n'est pas le seul à s'en faire l'écho. Sans parler de la fameuse lettre de Ninon publiée par M. Feuillet de Conches (*Causeries d'un curieux*, tom. II, pag. 588) et du billet transcrit dans les papiers de Conrart, tom. XI, pag. 151, Madame de Sévigné y fait allusion (tom. VI, pag. 510) et Tallemant, après avoir dit dans sa première rédaction: « Jusques ici on croit qu'elle n'a pas fait le saut », se ravise plus tard et ajoute à son manuscrit (tom. VII, pag. 40): « J'oubliais qu'elle fut ce printemps avec Ninon et Villarceaux dans le Vexin, à une lieue de la maison de Madame de

avec passion le monde et la vaine gloire. Elle était jeune, elle était belle, elle avait un esprit supérieur : elle se trouvait à son aise et dans son naturel au milieu des entretiens, des plaisanteries et des amusements qui charmaient les loisirs de la bonne compagnie. Mais la pauvreté, car elle n'avait d'autre bien qu'une pension de deux mille livres payée par la Reine-mère, lui faisait une place à part dans cette société brillante. Saint-Simon, qui la déteste et volontiers la calomnie, nous la représente alors « plaisant infiniment au ma- » réchal et à tous ses commensaux par ses grâces, son esprit, ses manières » douces et respectueuses et son attention à plaire à tout le monde et sur- » tout à faire sa cour à tout ce qui tenait au maréchal[1]. »

Otez-en le ton malveillant, ce tableau représente au vrai la situation de Mme Scarron à l'hôtel d'Albret. Elle veut plaire, et, pour y réussir, elle sacrifie ses goûts et surmonte ses répugnances, comme elle fera plus tard au palais de Versailles. La maréchale, née Duplessis-Guénégaud, et fille d'un trésorier de l'épargne, était une femme simple et sans esprit ; Mme Scarron n'en fait pas moins l'empressée autour d'elle, et cherche tous les moyens de lui plaire. Elle croyait, disait-elle plus tard, « qu'il valait mieux s'ennuyer avec des femmes de ce caractère que de se divertir avec d'autres[2] ». Quel que fût du reste le motif de cette conduite, Mme Scarron gagna si bien la maréchale par sa complaisance et son attention continuelle à lui être agréable, que la pauvre femme voulait toujours l'avoir auprès d'elle[3].

Mlle de Pons était tout l'opposé de Françoise d'Aubigné ; elle ne songeait qu'à la galanterie et au badinage : son esprit malin, ses manières trop libres, auraient dû effaroucher une jeune veuve qui cherchait avant tout la bonne renommée et « se contraignait beaucoup » pour avoir une belle réputation. « Faire dire du bien de moi, » disait-elle plus tard elle-même aux Dames de Saint-Cyr ; « faire un beau personnage et avoir l'approbation des honnêtes

---

Villarceaux, femme de *leur* galant. Il semblait qu'*elle* allât *la morguer.* » Cependant, voir la note XIII des éditeurs de Tallemant, pag. 47.

[1] Saint-Simon ; I, 227. Ailleurs, Saint-Simon montre Madame Scarron employée à « mille petites commissions dont l'usage des sonnettes, introduit longtemps depuis, a ôté l'importunité » VIII, 134 ; éd. in-8°, tom. XIII, pag. 9.

[2] *Souv.* des Dames de Saint-Cyr, rapporté par Th. Lavallée ; *Corr. génér.*, tom. I, pag. 98. Madame de Caylus, pag. 367, dit la même chose à peu près.

[3] *Ibid.* et *Souvenirs* de Madame de Caylus, 367.

gens, c'était là mon idole[1]. » Cependant Mme Scarron fit de Mlle de Pons une amie intime, une amie de toute la vie. Amitié bien étrange à qui considère qu'elle n'estima jamais cette amie, au point de répéter souvent dans la suite à sa nièce Mme de Caylus : « Elle n'ouvre pas la bouche sans me » faire rire ! cependant je ne me souviens pas, depuis que nous nous con- » naissons, de lui avoir entendu dire une chose que j'eusse voulu avoir » dite[2] ».

Cette jeune fille, légère et inconsidérée, que la maréchale n'était pas en état de diriger, reçut-elle de la veuve Scarron des conseils pour se conduire avec plus de bienséance ? On ne saurait le dire ; mais elle rencontra du moins dans sa nouvelle amie une complaisance à toute épreuve. Elle eut l'occasion d'en user lors de son mariage.

Arrivée à 22 ans sans être pourvue, trop pauvre pour songer à un grand mariage, de trop haute naissance pour se contenter d'un médiocre, elle devenait un embarras pour le maréchal, « qui ne savait qu'en faire[3] ». Mais parmi les jeunes gens qui fréquentaient l'hôtel d'Albret et qui se laissaient éblouir par les charmes de Bonne, se trouvait un protestant qui avait du bien et se nommait Michel Sublet, marquis d'Heudicourt. Il était issu d'une bonne famille de robe et parent d'un secrétaire d'État[4]. Le maréchal jeta les yeux sur lui, et voulut, suivant la brutale expression de Saint-Simon, « l'embâter, pour l'honneur de l'alliance[5] », de Mlle de Pons. Madame Scarron entra dans ses vues et se donna tellement de peine pour le succès de cette affaire, que sa santé s'en ressentit. Aux soucis de la négociation vinrent s'ajouter les fatigues de la noce, car tout reposa sur elle[6]. « Je me souviens, disait-elle plus » tard à Mme de Glapion, que quand Mme d'Heudicourt se maria, je fus si » occupée d'elle que je m'oubliai entièrement et me laissai voir à toute la Cour, » qui vint à ses noces, aussi négligée et aussi lasse qu'une servante : on me

---

[1] Th. Lavallée ; *Corresp. génér.*, tom. I, pag. 86, et *Lettres historiques et édifiantes*, tom. II, pag. 221.

[2] *Souvenirs* de Madame de Caylus, pag. 417

[3] Saint-Simon ; I, 227.

[4] *Ibid.* ; *loc. cit.*

[5] *Ibid.*, VII, 33.

[6] *Correspond. génér.*, *lettre* XXXI, à M. d'Aubigné, janvier 1666, tom. I, pag. 108.

»mit promptement dans une chambre pour m'habiller, et quand je rentrai, »Mme de Montespan ni personne ne me reconnut, tant on me trouva dif»férente de ce qu'on venait de me voir[1]. »

Après ces noces, où Mme Scarron poussa si loin ce qu'elle appelle sa coutume de faire plaisir à ses amies[2], il fallut conduire la nouvelle mariée et l'installer dans le château de son mari. La maréchale se remit encore de ce soin sur Mme Scarron[3]. Elle s'en acquitta avec sa complaisance habituelle. Pendant que Mme d'Heudicourt ne se levait qu'à midi, jamais six heures ne la prenaient elle-même dans son lit; elle donnait ordre à tout dans la maison, mettait en train les tapissiers et les ouvriers, et les aidait souvent quand elle voyait qu'ils en avaient besoin[4].

Le maréchal, de son côté, s'occupait avec son industrie et son zèle ordinaires de la fortune des nouveaux époux. Michel Sublet avait du bien, mais c'était un parti très-humble pour la descendante des nobles seigneurs de Pons. Il fallait le décrasser, lui donner un état : on lui fit acheter la charge de grand-louvetier de France, dont voulait se défaire le marquis de Saint-Hérem, et le maréchal, en considération de ce mariage, obtint l'agrément du Roi[5].

Cette charge de grand-louvetier n'empêcha pas M. d'Heudicourt de rester au service, qu'il n'abandonna qu'en 1684[6]. Quant à sa femme, elle demeura à Paris, et même après le mariage ne quitta pas l'hôtel d'Albret[7]. Bonne de Pons, devenue marquise d'Heudicourt, ne renonça point à la galanterie et ne cessa pas de compter parmi les personnes les plus aimables et les plus

---

1 *Lettres historiques et édifiantes*, tom. II, pag. 460.

2 «Tout cela, selon ma coutume, pour faire plaisir à mes amies et point par intérêt.» (*Ibid.*) Cette explication, donnée seulement après l'élévation de Madame de Maintenon, fait involontairement penser au père du *Bourgeois gentilhomme*. «Tout ce qu'il faisait, c'est qu'il était fort obligeant, fort officieux, et comme il se connaissait fort bien en étoffes, il en allait choisir de tous les côtés, les faisait porter chez lui, et en donnait à ses amis pour de l'argent.» (Act. IV, scène 5.)

3 *Correspond. génér.*, I, pag. 108.

4 *Lettres historiques et édifiantes*, II, pag. 460.

5 Saint-Simon; VII, 33; I, 227.

6 Le P. Anselme; *Hist. généalogique*, VIII, 803.

7 Saint-Simon; I, 227; VII, 33.

entourées. L'année même de son mariage, elle parut dans le fameux ballet des *Muses*, qui fit, pendant trois mois consécutifs, les délices de la Cour la plus brillante du monde, mit en mouvement quatre troupes de comédiens à lui seul, et donna naissance à trois pièces de Molière[1]. Mme d'Heudicourt y figurait dans la onzième entrée, scène charmante où l'habile et malicieux Benserade avait eu l'art de réunir, pour les opposer par groupes, les plus éclatantes beautés[2]. Les Muses cherchaient à vaincre les Piérides, en dansant à l'envi, tantôt séparément et tantôt ensemble, et les deux troupes aspiraient au triomphe avec la même ardeur : car le roi était le juge du combat. Bonne de Pons était avec les Muses; mais comme du côté de leurs adversaires étaient, avec la duchesse d'Orléans, Mlle de La Vallière, Mme de Montespan et Mme de Ludres, les Piérides pouvaient sans crainte attendre le jugement de Jupiter :

> Sçait-on pas que les dieux sont de votre côté,
> Eux qui sont si puissans sur la terre et sur l'onde,
> Et qui devraient sans doute être pour tout le monde[3].
> Cependant, par malheur, on voit qu'ils n'y sont point,

répondait avec raison Mlle de Longueval à La Vallière, et sans doute Bonne de Pons, en pensant au prix qu'elle avait disputé six ans auparavant, faisait au fond de son cœur la même réponse à son ancienne rivale.

Dans cette Cour avide de plaisirs et de fêtes, où toutes les femmes cherchaient à plaire, où les plus sages n'étaient point exemptes de coquetterie, Mme d'Heudicourt se compromit souvent par son imprudente légèreté. Si bien qu'un soir, à Fontainebleau, elle fut l'héroïne d'un de ces petits contes courts et salés dont la gaillardise un peu crue n'effrayait pas Mme de Sévigné, surtout quand ils étaient narrés par Bussy-Rabutin. « Le pauvre »chevalier de Rohan, écrivait le malicieux exilé, ayant rencontré un soir »bien tard, à Fontainebleau, Mme d'Heudicourt passant dans une galerie, lui »demanda ce qu'elle cherchait : Rien, dit-elle.—Ma foi, Madame, lui répon- »dit-il, je ne voudrais pas avoir perdu ce que vous cherchez[4]. »

---

[1] Victor Fournel ; *Les Contemporains de Molière*, II. 584.
[2] *Ibid.*, pag. 606.
[3] *Ibid.*, pag. 607. — Voyez *Œuvres* de Benserade, II, 369 et suiv.
[4] *Lettres* de Madame de Sévigné, IV, 32 ; éd. Hachette, tom. IV, 187, 287.

Quoique sa réputation fût ainsi entamée, Mme d'Heudicourt continua néanmoins à voir toutes ses anciennes amies. Mme Scarron était souvent chez elle, soit à Paris, chez le maréchal, soit à Saint-Germain [1], soit à Heudicourt. Et toujours elle continuait à se montrer officieuse et complaisante, prenant sur elle tous les soins du ménage et de la maison. Mme de Montespan, dont la faveur ne commença guère que deux ans environ après le mariage de Mlle de Pons, n'était pas moins liée que Mme Scarron avec la nouvelle marquise. Ce fut surtout chez cette dernière que se prirent d'amitié ces deux femmes qui devaient plus tard si cordialement se haïr. Mais à cette époque Mme de Montespan n'avait rien à craindre de la veuve du poète burlesque : elle la rencontrait à l'hôtel d'Albret et chez Mme d'Heudicourt comme une dame fort agréable, mais un peu sans conséquence, dont elle aimait le commerce et admirait la complaisance et cherchait plutôt alors à servir qu'à contrarier la fortune [2].

Quant à Bonne de Pons, elle se lia de la façon la plus intime avec Mme de Montespan et lui devint même indispensable, quand commença, vers 1668, son commerce avec Louis XIV; elle fut la confidente de ses premières et encore mystérieuses faiblesses.

Entraîné par la fouue de l'âge et du tempérament, égaré par l'ivresse du pouvoir absolu, Louis donnait alors à la France et à l'Europe le spectacle le plus corrupteur. Après avoir trahi la Reine pour la douce et timide La Vallière, qui, dans la naïveté de son amour, n'avait pas craint de le laisser éclater devant Marie-Thérèse et en face de toute l'armée de Flandre, il les trahissait l'une et l'autre pour une nouvelle maîtresse, et commettait, pour ainsi dire, l'adultère dans l'adultère. Ses deux favorites étaient obligées de vivre ensemble et de participer aux mêmes plaisirs. Et Mme d'Heudicourt, admise

---

1 En voici la preuve : « J'en ai parlé ici et toutes les fois que j'ai été à Saint-Germain ; enfin, la dernière fois que j'y allai, j'ordonnai à un maître d'hôtel de Madame d'Heudicourt d'aller tous les matins chez M. de Saint-Pouange. (*Correspond. génér.*, *à M. de Villette*, tom. I, pag. 132. 22 mars 1668.)

2 Une tradition qu'on retrouve dans les *Lettres* de Madame du Noyer (tom. I, pag. 106), fait rétablir la pension de Madame Scarron par le crédit de Madame de Montespan. Mais le 23 février 1666, où cette pension fut rétablie, Madame de Montespan n'était point encore la maîtresse du roi.

dans cette intimité criminelle, était sans cesse à côté de l'une et de l'autre et prenait part à tous les divertissements que leur prodiguait leur royal amant. Cette situation paraissait miraculeuse[1] à tous les courtisans ; l'on peut juger pourtant des rages qu'elle donnait parfois à Bonne de Pons, elle qui naguère avait rêvé de tenir la place de La Vallière et de Montespan.

Cependant, cette dernière commençait à ressentir les suites de son commerce avec le Roi : elle se désespéra à la première grossesse et chercha quelque personne qui sût bien élever et surtout bien cacher l'enfant qu'elle attendait. Mme d'Heudicourt était dans le secret de sa faiblesse, mais elle était trop légère[2] et surtout trop en vue pour qu'on pût la charger de ces soins mystérieux. C'est alors qu'on songea à Mme Scarron, qui semblait réunir toutes les conditions désirables, et, selon toute vraisemblance, on chargea son amie, Mme d'Heudicourt, de lui proposer cette mission délicate et toute de confiance[3].

Les offres de Mme de Montespan prenaient Mme Scarron dans une phase critique de sa vie morale. Elle aimait le monde, elle y brillait sans effort, par les grâces naturelles de l'esprit le plus vif et le plus aimable ; mais, tout en trouvant cette existence fort douce et fort agréable[4], elle songeait en même temps plus sérieusement à son salut que par le passé. Pour le faire plus sûrement, elle avait choisi, vers 1666, comme directeur, l'abbé Gobelin, prêtre savant et vertueux, mais qui tenait pour la morale sévère. Ce confesseur, qui ne manquait pas de pénétration, devina bien vite que sa pénitente n'avait d'autres mobiles de sa conduite que la vaine gloire et l'estime de soi. Or, dans son langage ascétique et rigide, il appelait la « présomption de

---

[1] Madame de Sévigné, éd. Blaise, 1820, II, 290; éd. Hachette, II, 464.

[2] Entretien avec Madame de Glapion ; *Lettres historiques et édifiantes*, II, 461. 1717.

[3] Si l'on en croyait le P. Laguille, ce serait Madame de Montchevreuil qui en aurait été chargée par Madame de Sainte-Hermine. (*Fragments de Mémoires sur la vie de Madame la marquise de Maintenon*, publiés dans les *Variétés historiques et littéraires* de la Bibliothèque Elzévirienne de P. Jannet, tom. VIII, pag. 53 à 80.) Mais le P. Laguille ne paraît pas exact ici ; il se trompe d'ailleurs grossièrement sur la date, quand il place vers 1664 la naissance du premier enfant adultérin de Madame de Montespan.

[4] *Mémoires* de Mademoiselle d'Aumale, cités dans la *Correspond. génér.*, I, 130. *Souvenirs* de Madame de Caylus.

soi-même et l'immortification de l'amour-propre » les portes de la luxure [1]. Tous les efforts de sa direction tendirent en conséquence à inspirer à Mme Scarron la défiance de soi-même et à l'éloigner du monde. Elle obéissait d'abord docilement aux conseils de son directeur, devenait plus rare dans la société de ses amis et se résignait même à s'y montrer ennuyeuse; puis, elle se lassait de sa contrainte et reprenait insensiblement sa vie ordinaire [2]. Tout était donc sans cesse à recommencer, lorsque Mme d'Heudicourt vint lui proposer de s'ensevelir dans les ténèbres pour y élever les enfants du Roi et de Mme de Montespan. L'abbé Gobelin vit dans les devoirs obscurs que cette mission délicate allait imposer à l'aimable veuve, une heureuse nécessité pour elle de rompre tout à fait avec le monde et de vivre dans la retraite. Il conseilla donc d'accepter ; et plus tard, quand, par suite de cette acceptation, Mme de Maintenon fut devenue une nouvelle Esther, elle voulut voir et montrer dans l'abbé Gobelin un autre Mardochée qui l'avait, par une inspiration divine placée auprès 'un second Assuérus pour le salut de son peuple [3]. Mais il faut bien dire qu'en 1669, l'austère directeur, dont l'esprit manquait d'étendue, n'avait point des visées si hautes, et s'il conseilla de ne pas refuser les propositions de Mme de Montespan, c'est que cette vie nécessaire de solitude et d'obscurité devait éloigner forcément sa pénitente de l'hôtel d'Albret et de l'hôtel de Richelieu, et des charmes de la conversation et des compagnies, si contraires à la perfection où il voulait la conduire [4].

Quant à Mme Scarron elle-même, naturellement fort glorieuse, elle n'aurait pas voulu se charger des enfants de Mme de Montespan, mais elle n'avait plus les mêmes répugnances dès qu'il s'agissait de ceux de Louis XIV. Seulement elle voulut un ordre direct et verbal du Roi lui-même. C'est du moins ce qu'elle a raconté plus tard à ses confidents ordinaires, Mme de Caylus, Mlle d'Aumale et Languet de Gergy, et ce qu'elle *aurait écrit* à Mme d'Heudicourt, si la lettre que nous allons citer n'était pas, comme tout le

1 Expressions d'un traité inédit: *Des vertus et des vices*, de l'abbé Gobelin. (Le 4e chapitre, *De la luxure*, a été publié par l'*Amateur d'autographes*, 9e année nos 185-192, septembre, décembre 1869, pag. 133 à 145.)

2 Voir la note préliminaire de la lettre XLI, dans la *Correspond. génér.*, I, 133 et 134.

3 Entretiens avec Madame de Glapion ; *Lettres historiques et édifiantes*, II, pag. 454, 458.

4 *Correspondance générale*, I, 173.

fait supposer, sortie tout entière de la féconde et peu scrupuleuse imagination de La Beaumelle : « M. de Vivonne m'a déjà parlé ; je suis fort sensible à »l'honneur que l'on veut bien me faire, mais je vous avoue que je ne m'y »crois nullement propre. Je vis tranquille ; me convient-il de sacrifier mon »repos et ma liberté ? D'ailleurs, ce mystère, ce profond secret qu'on exige de »moi, sans m'en donner positivement la clef, peuvent faire penser à mes amis »qu'on me tend un piége. Cependant, si les enfants sont au Roi, je le veux »bien ; je ne me chargerais pas sans scrupule de ceux de Mme de Montespan. »Ainsi, il faut que le roi me l'ordonne. Voilà mon dernier mot. J'ai écrit à »peu près la même chose à Mme de Thianges : c'est une précaution que »m'inspire la prudence. Il y a trois ans que je n'aurais pas eu cette délica- »tesse, mais depuis j'ai appris bien des choses qui me la prescrivent comme »un devoir. Et vous, me blâmerez-vous aussi[1] ? »

Que cette lettre ait été faite ou non, il n'en est pas moins vrai que le dernier mot de Mme Scarron n'était point un refus. Le Roi parla lui-même, comme on le voulait, et, dans une entrevue qui fut ménagée à cet effet, pria en maître qui sait qu'il sera obéi[2]. La jeune veuve, pour emprunter les expressions de Languet de Gergy, « crut ne pouvoir refuser ce bon office à »l'ordre de son maître et à l'honneur de son amie[3] ».

Mme Scarron accepta donc et, dès que Mme de Montespan eut donné le jour à son premier enfant, alla s'installer pour l'élever dans une maison écartée du faubourg Saint-Germain. Quoique plus tard, dans les détails qu'elle donnait à Saint-Cyr sur cet événement si important et si décisif, elle ait complètement passé sous le silence l'intervention de Mme d'Heudicourt, cette dame était fort avant dans tout le secret. Et la p euve, c'est que pour le couvrir et dérouter tout à fait l'opinion publique, elle confia elle-même à la mystérieuse gouvernante sa fille aînée, Louise Sublet, charmante enfant qui commençait à peine à marcher, et qui fut élevée avec les princes comme leur sœur[4].

---

[1] Paris, le 24 mars 1669. (*Correspond. génér.*, I, 144.)

[2] Il pria, disent Madame de Caylus et Mademoiselle d'Aumale ; commanda, suivant l'expression de Languet de Gergy. (*Correspond. génér.*, tom. I. pag. 142 et 143.)

[3] *Ibid.*, pag. 143.

[4] Saint-Simon ; I, pag. 227 ; VIII, 135. Madame de Caylus, dit expressément que Madame

Bonne de Pons se déchargeait ainsi de ses devoirs maternels, mais elle donnait à sa fille une mère pleine de tendresse et de dévouement. Elle pouvait désormais se livrer sans inquiétude à ses goûts effrénés pour la dissipation et jouir des succès que lui procuraient sa beauté, son esprit et sa faveur. Elle était en effet admise à tous les mystères et vivait avec la famille royale dans la plus intime familiarité. Initiée, comme nous l'avons vu, aux secrets de Mme de Montespan, elle n'entrait pas moins dans le commerce de La Vallière, son ancienne rivale. Vie singulière et moins joyeuse en réalité qu'en apparence. Mme d'Heudicourt y rencontrait souvent des épines, et de noirs pressentiments venaient parfois rappeler ces personnes royales et ces grandes dames aux misères de l'humanité. Témoin, ce petit récit, fait en 1669 par Mme de Montmorency à son correspondant Bussy-Rabutin. « Monsieur étant l'autre jour avec le Roi, Mesdames de Vaujour, de Montespan et d'Heudicourt, il sentait qu'on lui tirait son habit par derrière, mais il crut que c'était quelqu'une de ces dames; il le leur demanda, mais elles l'assurant que ce n'était pas elles, il demanda au Roi si ce n'était pas lui; le Roi lui répondit que non. Mme de Vaujour dit en riant : « Vous verrez que c'est Mme Choisy du Camp, qui vient de mourir. » On s'informa de l'heure, et l'on trouva que c'était à la même que Monsieur avait été tiré[1] ».

Mais de nouveaux divertissements étourdissaient bien vite cette brillante et folle jeunesse, et la situation de ceux qui pouvaient, comme Mme d'Heudicourt, prendre part à tous les amusements du maître, paraissait miraculeuse à tous les courtisans[2]. Aussi, Bonne de Pons était-elle l'objet de bien des hommages : les jeunes gens la recherchaient pour les agréments de sa figure et ses éblouissantes saillies ; les ambitieux lui faisaient la cour afin de s'insinuer par son moyen dans le secret des dieux. Mme d'Heu-

---

Scarron prit pour prétexte la petite d'Heudicourt, et la demanda à Madame sa mère. (*Souvenirs de Madame de Caylus*, pag. 832.) Le marquis de la Fare dit plus clairement encore que Madame de Montespan commit l'éducation du duc du Maine à Madame Scarron, « *à la persuasion de Madame d'Heudicourt* » ; Collect. Petitot, 2e série, tom. LXV, pag. 238.

[1] Lettre de Madame de Montmorency au comte de Bussy-Rabutin, 1er juin 16699. (Insérée dans la Collection publiée à Paris par Léopold Collin, 1806, in-12, avec ce titre : « *Lettres* de Mesdames de Motteville, de Mademoiselle Dupré et de Madame la marquise de Lambert, pag. 85.)

[2] Madame de Sévigné, II, 289.

dicourt, portée naturellement à la galanterie, se laissa prendre à ces sentiments intéressés, et, dès l'année 1669 on savait à la Cour qu'elle divulguait à ses amants le mystère des amours royales. Le marquis de Béthune, qui venait d'épouser au commencement de cette année la fille du comte d'Arquien, avait été d'abord favorisé de ces confidences, mais le marquis de Rochefort ne fut pas moins heureux. Seulement, il s'empressa d'en aller rendre compte au Roi et à de Mme Montespan. Il en résulta une explication qui transpira dans le public, sans amener encore la disgrâce de la confidente infidèle[1].

Cependant, elle servait de lien entre la gouvernante « solitaire et cachée » et les parents des enfants élevés dans le mystère. C'était dans son appartement de Saint-Germain ou de Versailles qu'on les amenait, sous prétexte de lui montrer sa fille, en réalité pour faire voir ces enfants à Louis XIV[2]. C'est alors que le Roi commença à apercevoir madame Scarron ; mais il avait des préventions contre elle et la prenait pour un bel esprit, pour une prude précieuse et bizarre[3]. Mme d'Heudicourt augmenta cette antipathie par un mot lancé comme à la légère. Un jour qu'elle revenait d'une promenade où elle avait été en tiers avec Mme de Montespan et Mme Scarron, elle dit au Roi, sans avoir l'air d'y attacher d'importance : « L'une et l'autre disent des choses si savantes et si sublimes que, n'y comprenant rien, je les ai quittées[4]». Fut-ce de la part de Bonne de Pons imprudente légèreté ou méchanceté gratuite; eut-elle peur que son amie ne finît par vaincre la froideur de Louis ? Ce qui est certain, c'est que le trait porta, et qu'après avoir entendu cette parole, le prince eut encore plus d'aversion pour la gouvernante. Mme d'Heudicourt ne se borna pas du reste à cette remarque railleuse : poussant plus loin encore l'ingratitude et la perfidie, elle se mit à dire de Mme Scarron et du maréchal d'Albret «tous les maux qu'on peut s'imaginer,

---

1 Lettre inédite de Madame du Bouchet à Bussy-Rabutin, du 20 septembre 1669, citée dans les *Lettres* de Madame de Sévigné, éd. Hachette, II, 54.

2 *Vie de Madame de Maintenon*, institutrice de la royale maison de Saint-Cyr, seconde édition. Paris, 1788, Bouisson, 2 vol. in-12, tom. I, pag. 69.

3 Saint-Simon ; VIII, 136.

4 La Beaumelle ; *Mémoires de Madame de Maintenon*, II, 9.

et leur rendit à l'un et à l'autre toute espèce de mauvais offices[1]». En même temps elle continuait ses intrigues et ses indiscrétions avec le marquis de Béthune[2]. Toutes ces noirceurs éclatèrent à la fin ; le maréchal acquit la preuve du commerce secret de sa nièce avec M. de Béthune, il la convainquit de tout ce qu'elle avait dit de lui et de Mme Scarron, et souleva contre elle toute la bonne compagnie[3].

Mme d'Heudicourt s'était fait par ses imprudences et ses trahisons une fort méchante affaire, car rien n'était plus à craindre que le ressentiment de M. d'Albret dès qu'on choquait la délicatesse de son humeur. « Comme il n'y a personne, disait Saint-Évremond à M. de Candale, plus capable de faire valoir vos bonnes qualités, quand il vous aime, il n'y en a point qui sache pousser si loin vos faibles et vos défauts, quand il croit que vous lui donnez sujet de ne vous aimer pas[4]. »

Bonne de Pons put s'en convaincre : dès que le maréchal fut devenu son ennemi, tout le monde se déchaîna contre elle : « Voilà, s'écriait ironiquement Mme de Sévigné, une femme bien abîmée, et elle a cette consolation de n'y avoir pas contribué[5]».

Mme d'Heudicourt avait perdu toutes ses amies : elle était convaincue de toutes les trahisons du monde, il ne lui restait plus qu'à se retirer dans ses terres. Mme Scarron, quoique la plus offensée, avait été la dernière à l'abandonner[6]; mais tout en cessant de la voir, elle ne paraît pas lui avoir rendu sa fille. Ce fut un lien qui rapprocha les deux amies, et, si l'on en croyait La Beaumelle, la gouvernante des enfants de Mme de Montespan aurait, dès le mois de décembre 1672, à l'occasion d'une maladie de la jeune Louise, écrit à la mère sur le ton de la confiance et de l'intimité d'autrefois : « La petite se porte mieux ; Puthau vous a donné une fausse alarme; je n'ai pas craint un seul instant, et vous savez qu'il n'en faut pas beaucoup

---

1 Madame de Sévigné, 6 février 1671. Édition Blaise, 1820, I, 234. — Éd. Hachette, II, 54.

2 *Ibid.*, Madame de Caylus, pag. 444.

3 Madame de Sévigné, 9 février 1671. Éd. Blaise, I, 238.

4 Saint-Évremond ; tom. II, pag. 393

5 Éd. Hachette, II, 54.

6 Madame de Sévigné, éd. Blaise, I, 234. — Madame de Caylus, 444. — Sur cette première disgrâce de 1671, voir l'*Appendice*.

pour me faire trembler ; les douleurs ont été assez vives, mais sans convulsions ; soyez donc bien tranquille, ma chère madame[1] ».

La lettre et la maladie sont probablement inventées ; mais il est certain qu'en 1673 les ressentiments de Mme Scarron étaient apaisés[2]. Ce ne fut pas pourtant elle qui ménagea le retour de la marquise ; d'autres s'en mêlèrent et firent la paix de celle-ci avec Mme de Montespan. On lui permit de revenir à la fin de l'année, et ce ne fut même qu'une tolérance. Il est vrai que les voies avaient été préparées par un protecteur d'un nouveau genre, par sa fille Louise, amenée à Saint-Germain avec les princes. «La petite d'Heudicourt, écrit Mme de Sévigné, est jolie comme un ange ; elle a été de son chef huit et dix jours à la Cour, toujours pendue au cou du Roi ; cette petite avait adouci les esprits par sa jolie présence : c'est la plus belle vocation pour plaire que vous ayez jamais vue. Elle a cinq ans ; elle sait mieux la Cour que les vieux courtisans[3]. »

Le retour de la mère, qui semblait abîmée par tout le bruit que ses trahisons avaient fait vingt mois auparavant, produisit une grande sensation ; et Coulanges exprima l'étonnement général dans un couplet qu'il envoya à Mme de Grignan.

Que Mme d'Heudicourt
Est une belle femme ?
Chacun disait à la Cour :
Quoi ! la voilà de retour.
Tredame, tredame, tredame[4].

Madame d'Heudicourt était alors enceinte, et sa grossesse l'empêcha seule de reprendre aussitôt ses anciennes familiarités. Mais comme on était fait à son esprit et à son badinage, elle finit par rentrer dans les plus intimes confidences[5].

Quand elle commença à reparaître à Saint-Germain et à Versailles, ses deux anciennes amies, Mme de Montespan et Mme Scarron, commençaient à ne

---

[1] Éd. Amsterd., I, 49.
[2] Madame de Sévigné, 6 décembre 1673, III, 159,
[3] *Loc. cit.*, III, 159.
[4] *Loc. cit.*, III, 161.
[5] *Ibid.*

plus s'entendre. Il ne s'agissait point encore entre elles de se disputer l'affection de Louis XIV, et la jalousie de la favorite n'était guère alors qu'une jalousie maternelle. Ses enfants n'avaient de tendresse que pour leur gouvernante, qui voulait les élever et les soigner à sa guise, et dans laquelle ils trouvaient d'ailleurs le dévouement et la vigilance de la mère la plus aimante et la plus éclairée. De là des scènes qui renaissaient à chaque instant et des griefs toujours nouveaux. Ces deux femmes se sentaient néanmoins attachées l'une à l'autre par une sorte d'entraînement invincible, et se recherchaient, tout en se détestant du fond de l'âme. Mme Scarron songeait-elle à reprendre sa liberté, elle trouvait toujours quelque raison spécieuse pour ne pas le faire, et, tour à tour, l'usage, son intérêt et son confesseur, la retenaient auprès de Mme de Montespan. Pouvait-elle, sans blesser les convenances, quitter une éducation commencée, et « innover, ce sont ses propres expressions, une conduite qui la mettrait en repos[1] ? »

D'un autre côté, « née sans biens » et chargée de proches également dénués de fortune, elle avait à cœur de ne pas laisser ces derniers dans la gêne et se remuait de toutes ses forces pour y réusssir[2]. Et, quant à ce qui la concernait elle-même, « tous ses projets, en restant à la Cour, étaient de tâcher d'avoir quelque grâce du Roi qui la mît en état d'en sortir[3]. » L'abbé Gobelin, pour sa part, l'aimait mieux à Saint-Germain qu'à Paris, et dans sa vie de gêne et de dépendance que dans la liberté qu'elle avait autrefois. Toutes ces épreuves lui semblaient autant d'actes méritoires, et loin de l'encourager dans ses velléités d'éloignement et de rupture, il lui conseillait plus de douceur avec ceux dont elle dépendait et ne cessait de lui recommander « l'indifférence pour tous les lieux et tous les genres de vie[4] » ; conseils d'un directeur austère et pieux qui cherchait Dieu dans toutes choses, et dans lesquels on a tort de voir je ne sais quelle entente et quel complot avec le parti religieux pour tirer Louis XIV de ses désordres et le ramener à la vertu[5].

---

1 *Correspond. génér.*, I, p. 206. A l'abbé Gobelin, 24 juillet 1674.

2 M. Th. Lavallée lui-même est presque honteux de voir Madame de Maintenon si occupée de tous ces intérêts de famille.

3 Mademoiselle d'Aumale, citée dans la *Correspond. génér.*, I, 194.

4 *Correspond. génér.*, 2 mars 1674, tom. I, pag. 194.

5 Th. Lavallée, *Correspond. génér.*, I, 194. C'est au fond l'opinion de Madame de Maintenon

Mme de Montespan, à son tour, se lassait-elle de ces luttes domestiques, et songeait-elle à se débarrasser de cette gouvernante maîtresse, le Roi lui-même, appelé souvent pour arbitre de leurs débats, et qui d'ailleurs « ne goûtait pas Mme Scarron, encourageait-il sa favorite à la renvoyer : le charme secret qui réunissait ces deux femmes agissait toujours, et rompait, d'un côté comme de l'autre, tous les projets de séparation.

Mme d'Heudicourt, quand elle revint en faveur, entra naturellement dans la confidence de ces querelles. Pouvait-il en être autrement, lorsque sa fille n'avait pas quitté les princes et passait pour leur sœur [1], quand elle vivait elle-même dans l'intimité de Mme de Montespan ? C'était pour sa malignité naturelle un amusant spectacle que celui de cette aversion mutuelle cachée encore aux yeux de tout le monde sous les dehors de l'amitié.

Vers le milieu de 1674, la maîtresse de Louis XIV essaya d'en finir honorablement avec la gouvernante de ses enfants : elle eut l'idée de la marier avec « un duc assez malhonnête homme et fort gueux », le duc de Villars-Brancas[2]. La veuve du poëte cul-de-jatte ne consentit point à devenir duchesse à ce prix, et s'en expliqua avec son directeur. Elle aurait même, si l'on en croyait La Beaumelle, écrit plus librement encore à Mme d'Heudicourt : « Le mariage dont on vous a parlé n'a été proposé que d'une manière fort vague, et c'est bien assez. Cet homme n'était pas fait pour moi : il n'a ni bien, ni mérite, et il ne m'a pas fallu un grand effort pour refuser un duc. J'ai remercié Mme de Montespan et rejeté la cause de mon refus sur ma tendresse pour les princes. Je l'en ai si bien persuadée, que je suis sûre qu'elle se repent à présent d'avoir recouru à ce moyen pour m'éloigner. Elle ne se doute pas que je l'aie pénétrée, et elle m'en aime davantage. Ce matin, elle a exigé que je lui donnasse ma parole de ne la point quitter.

---

elle-même, mais une opinion formée plus tard et que rien dans sa correspondance avec l'abbé Gobelin ne vient justifier. Du reste, elle ne l'exprime pas formellement. Elle se contente de parler à Madame de Glapion de l'assurance que ses directeurs lui avaient donnée que Dieu la voulait à la Cour. *Lettres historiques et édifiantes*, tom. II, pag. 454.

[1] Madame Scarron l'emmena à Anvers quand elle y conduisit le duc du Maine pour le faire voir à un homme dont on vantait le savoir et les remèdes. *Mém.* de Mademoiselle d'Aumale, *Correspond. génér.*, tom. I, pag. 190.

[2] *Corr. génér.*, I, 205; à l'abbé Gobelin. Versailles, 24 juillet 1674.

Je lui ai tout promis; j'ai tout oublié, nous vivrons en paix. Elle m'a offert d'en signer le traité. On est malheureux de vivre dans un pays où la bonne foi de l'amitié dépend des serments. Il faut s'accoutumer à tout : j'ai déjà renoncé à mes goûts, à ma santé, à mes plaisirs. Mais ne craignez pas que je renonce jamais aux sentiments qui m'attachent à vous[1]. »

Il est incroyable que Mme Scarron ait pu s'ouvrir avec une franchise aussi entière à une femme dont elle avait éprouvé l'indiscrétion et la perfidie, et cette lettre ne semble pas autre chose qu'une supercherie littéraire. Mais Mme d'Heudicourt n'en était pas moins initiée à tous les incidents de cette lutte intestine. Longtemps elle vit le Roi, prévenu contre Mme Scarron, partager les passions de sa maîtresse, mais insensiblement les choses changeaient de face. A la fin de 1673, les enfants avaient été légitimés, puis on les avait établis à la Cour, avec leur gouvernante, dans l'appartement de Mme de Montespan. Mme Scarron se trouvait ainsi placée sous les yeux du Roi, qui, malgré ses préventions contre son esprit, ne pouvait s'empêcher de la trouver « aimable et de fort bonne compagnie[2] ». Sa tendresse si vraie et si complète pour les princes, les soins de toute nature qu'elle leur prodiguait par pure affection, ne pouvaient à la fin manquer de faire impression. Elle excellait d'ailleurs à former ses élèves à l'art de plaire, à leur « inspirer ses pensées sans qu'il parût qu'on les sifflât » ; en un mot, « à faire sa cour » par leur moyen[3]. La petite d'Heudicourt avait paru d'abord un prodige en ce genre ; le duc du Maine en fut un autre. Les caresses et les mots heureux du mignon ravissaient le Roi, qui s'habituait insensiblement à chercher dans la société de ses enfants naturels ce bonheur de famille et ces joies intimes que sa paternité légitime ne lui procurait pas. Mme Scarron finit par recueillir le fruit de cette innocente obsession, et pendant

---

[1] La Beaumelle ; éd. de Nancy tom. I, pag. 68 ; éd. d'Amsterdam, tom. I, pag. 57. — *Corresp. génér.*, tom. I, pag. 208.

[2] Madame de Coulanges, citée par Madame de Sévigné. Lettre du 20 mars 1673.

[3] Expressions de Madame de Maintenon, *Correspond. génér.*, II, 101. Les lettres contenues dans les *Œuvres d'un auteur de sept ans* manquent complètement de naturel; on comprend comment elles ont été faites, quand on a sous les yeux les conseils, donnés plus tard par Madame Scarron à M. de Montchevreuil, gouverneur du duc du Maine, dans la lettre que nous citons. — Ailleurs, à propos d'une lettre qu'elle veut que le jeune prince écrive à sa mère: «Il est aisé de lui inspirer cette lettre là, tête à tête, et qu'il croie l'avoir faite tout seul. II, 206.»

l'année 1674, époque de ses grandes querelles et de ses grands désespoirs, elle put acheter avec les libéralités de Louis XIV une terre dont elle prit le nom, durant l'hiver de 1675.

Cependant l'aversion entre la favorite et la nouvelle Mme de Maintenon devenait tous les jours plus grande : elle couvait encore sous terre, mais offrait un amusant spectacle à des yeux malins comme ceux de Mme d'Heudicourt [1]. La gouvernante, libre de se retirer depuis qu'elle avait obtenu l'établissement désiré, devenait de plus en plus nécessaire : la santé du jeune duc du Maine avait besoin de toute sa sollicitude, et le Roi commençait d'ailleurs à entrer dans ses raisons et à prendre parti sur ce point contre sa maîtresse [2]. De là, pendant l'hiver de 1675, de furieux emportements et des scènes terribles dont les amies des deux dames, et Mme d'Heudicourt la première, eurent à recevoir les contre-coups. Rien, il est vrai, ne perçait au dehors [3]; mais à la fin de cet hiver survint un événement connu de toute la Cour, dont les suites furent décisives pour la fortune de Mme de Maintenon, et dans lequel Mme d'Heudicourt elle-même se trouva plus ou moins mêlée.

La Cour passait pour la première fois la semaine sainte à Versailles ; et Mme de Montespan, qui conservait, malgré ses désordres, un grand fond de religion, voulait s'approcher des sacrements. Comme elle n'avait point à sa disposition son directeur ordinaire, le prieur de Saint-Germain [4], elle s'adressa à un des prêtres qui desservaient la paroisse de Notre-Dame, à Versailles. Elle se nomme. Est-ce donc là, lui dit brusquement le prêtre, appelé Lécuyer, cette madame de Montespan qui « scandalise toute la France? Allez, madame, cessez vos scandales, et puis vous viendrez vous jeter aux pieds des ministres de Jésus-Christ [5] ». L'altière favorite n'était point habituée à ce dur langage ; elle court se plaindre avec colère à Louis XIV. Le roi consulte Bossuet, et le prélat, qui n'avait jamais craint de faire des allusions transparentes aux faiblesses du monarque, parle en évêque, et sans réticence.

---

[1] Madame de Sévigné ; Lettre du 7 août 1675, III, 360.

[2] *Correspond. génér.*, I, 253.

[3] Madame de Sévigné, III, 360.

[4] Il se nommait le P. Texier. *Mém.* de Blache, *Revue rétrospective*, 1833, tom. I, pag. 33.

[5] *Mém.* de Languet de Gergy, pag. 168, cités par Lavallée, *Correspond. génér.*, I, 264.

Le prince, vivement ému, sent se réveiller dans son cœur des sentiments religieux que l'habitude du mal avait pu endormir, mais qu'elle n'avait jamais étouffés. Il prend, à la suite de cet entretien, la résolution de rompre son commerce criminel, et veut même y faire consentir Mme de Montespan. La favorite, qui portait alors un cinquième enfant, s'emporte de désespoir, puis finit par se retirer à Paris, dans sa maison de Vaugirard. Le Roi communie le Samedi saint, en sûreté de conscience, et part le 10 mai pour l'armée, sans avoir rappelé sa maîtresse à Versailles [1]. C'est alors, et seulement alors, que la gouvernante des enfants légitimés parait appelée à jouer un nouveau personnage. Naturellement pieuse, sincèrement dévote, Mme de Maintenon avait jusqu'à cette rupture laissé tranquillement aller les choses. Sans entrer aussi avant que Mme d'Heudicourt dans la confidence des deux amants [2], elle n'avait jamais essayé de rompre leur commerce [3]. Mais à partir de ce carême de 1675, quand Mascaron, Bourdaloue, Bossuet et l'abbé Lécuyer eurent ouvert la brèche et que le Roi eut fait à l'évêque de Condom « une haute profession de changer dans sa vie tout ce qui déplaisait à Dieu [4] », Mme de Maintenon commença à prendre ouvertement auprès de ce prince le parti de la vertu et du devoir. Vous entendrez dire, écrivait-elle à l'abbé Gobelin, le 23 avril 1675, que « je vis hier le roi : ne craignez rien ; il me semble que je lui parlai en chrétienne et en véritable amie de Mme de Montespan [5] ».

Voilà des paroles assez énigmatiques, mais qui marquent une époque nouvelle dans les relations de ces deux bonnes amies d'autrefois, devenues rivales aujourd'hui. D'abord, elles se sont disputé des enfants ; dorénavant elles vont se disputer Louis XIV lui-même : l'une pour le ramener et le

---

1 Th. Lavallée ; *Correspond. génér.* I, 264.

2 Expressions de Madame de Maintenon (*Lettres historiques et édifiantes*, II, 461 ; cf. *Ibid.*, II, 73), qu'il ne faut pas trop prendre à la lettre. On entre bien avant dans la confidence de deux personnes quand on élève sciemment leurs enfants.

3 Au moins en s'adressant à Louis XIV. — On a dit le contraire, mais toutes les allusions qu'on a voulu tirer des lettres à l'abbé Gobelin ont une explication toute naturelle. Les oppositions dont il est question sont relatives aux enfants.

4 Bossuet au Roi. 10 juillet 1675.

5 *Correspond. génér.*, I, 268.

retenir dans ses liens, l'autre pour le rendre à la religion et à la vertu.

Quant à Mme d'Heudicourt, elle était trop frivole et trop amie du plaisir pour former, ainsi que Mme de Maintenon, le dessein de convertir le Roi. Mais elle s'accommoda aux circonstances, et, s'il faut en croire La Beaumelle, se mit au ton nouveau de la Cour. Née, comme nous l'avons vu, dans le sein de la Réforme, elle avait, je n'ai pu découvrir à quelle époque, abandonné le culte de sa famille et changé de religion sans changer de conduite. Mais après le carême de 1675, elle réforma ses habits, ses allures et ses propos, si bien que la grâce semblait avoir gagné cette mondaine en même temps que Louis XIV et Mme de Montespan [1].

La dévotion pourtant ne la rendait point farouche. Elle aimait encore les divertissements du monde, les belles compagnies et, quand l'occasion s'en présentait, les parties de plaisir avec ses amies. Ainsi, Mme de Sévigné nous la montre à la *Maison rouge*, rendez-vous habituel des honnêtes gens qui voulaient s'amuser, recevant avec Coulanges et la sœur de Coulanges, Mme de Sanzey, une *fricassée* que leur donnait M. de Bagnols [2].

La pénitence de Mme de Montespan n'était pas plus austère. Après quelques semaines de séjour à Paris ou à Maintenon, elle était venue, avant même le départ du Roi pour l'armée, s'établir à Clagny [3]. C'était une maison royale aux portes de Versailles, dont Louis XIV lui avait donné la jouissance, et qu'il faisait en ce temps-là même orner pour elle avec une magnifique prodigalité.

Mme d'Heudicourt y suivit son amie. Elle était entrée plus que toute autre dans le secret de cette passion violente, mais non vaincue, et peut-être attendait-elle que, malgré les instances et les enseignements de Bourdaloue, l'amour reprît son empire [4]. Si tel était son espoir, l'événement finit par lui donner raison.

En effet, le Roi, malgré la sincérité « de tant de larmes, de tant de violences

---

[1] La Beaumelle ; *Mémoires de Madame de Maintenon*, tom. II, pag. 72.

[2] Madame de Sévigné ; Lettre du 5 juin 1675, tom. III, pag. 287.

[3] Le roi partit de Saint-Germain le 11 mai. Gazette de France, nº du 18 mai 1675. — Lettre de Madame Scudéry à Bussy, du 15 mai 1675. On se rappelle le mot bien connu de Louis XIV à Bourdaloue : « Vous devez être content, mon père: Madame de Maintenon est à Clagny.

[4] P. Clément ; *Madame de Montespan et Louis XIV*, pag. 227.

et de tant d'efforts» faits sur lui-même[1], n'avait pu prendre sur lui de ne pas correspondre directement avec Mme de Montespan. La campagne finie, il revint à Versailles et ordonna d'y préparer un logement pour cette maîtresse, dans laquelle il croyait, de la meilleure foi du monde, retrouver seulement une amie (21 juillet 1675). La malignité publique n'avait d'ailleurs rien à mordre à cet arrangement. Mme de Montespan, dame du palais de la Reine[2], reprenait sa place et ses fonctions à la Cour : quoi de plus simple et de plus naturel? Mme de Richelieu, dame d'honneur de Marie-Thérèse, n'était-elle pas, en outre, toujours en *tiers* entre le prince et son *amie*[3] ? Mais la joie de ce retour et les sentiments qu'il réveillait ou faisait naître absorbaient tellement, qu'au milieu de ces douces préoccupations, la perte irréparable du grand Turenne sembla passer comme inaperçue[4]. Mme d'Heudicourt était alors à Versailles, et s'amusait, avec sa malice et sa légèreté ordinaires, de tout ce manége et de cette passion qui s'abusait elle-même. Puis, dans ses lettres ou ses entretiens intimes, elle en amusait à leur tour ses amies de Paris. Elle leur montrait ainsi le dessous des cartes et leur fournissait le fil qui leur manquait pour raisonner exactement sur tous ces petits événements de Cour. C'était, écrivait Mme de Sévigné, admise à ces confidences, « la plus jolie chose du monde[5], et ce petit démon qui levait ainsi les rideaux au gré de ses désirs, divertissait extrêmement la curieuse marquise[6] ».

Pourtant c'était avec la plus grande sincérité que Louis XIV et Mme de Montespan avaient pris la résolution mutuelle de vivre honnêtement à côté l'un de l'autre, avec toute la sincérité du monde, que le monarque avait annoncé à toute la Cour « la promesse qu'il avait faite à sa femme et à son

---

[1] Expressions de Bossuet, *Lettre à Louis XIV*, sans date. Éd. Outhenin Chalandre. Besançon, 1846, X, pag. 621.

[2] Elle devint... dame du palais de la Reine par la faveur de Monsieur. *Souvenirs* de Madame de Caylus, pag. 381.

[3] *Mém.* de Mademoiselle de Montpensier, collect. Petitot, 2e série, XLIII, 393. Cf. Sévigné, III, 322, lettre du 5 juillet 1675.

[4] Madame de Sévigné, de Paris, 7 août 1675, tom. III, pag. 336.

[5] *Ibid.*, pag. 360 et 363.

[6] *Ibid.*, 1675, III, 322.

curé[1]». Tout semblait donc arrangé pour le mieux : « Mme de Montespan, écrivait à Bussy-Rabutin Mme de Scudéry, sa spirituelle correspondante, aura deux paradis au lieu d'un : elle sera toujours aimée de son amant, et elle saura qu'il n'y a que Dieu au-dessus d'elle dans son cœur[2] ».

Les deux amis *solides*[3], pour parler comme Mme de Sévigné, restèrent en effet fidèles à ces bonnes résolutions pendant plus d'une année. La grossesse de Mme de Montespan qui se prolongea jusqu'au milieu de janvier 1676[4], et l'absence de Louis qui dura depuis le mois d'avril jusqu'au mois de juillet, en avaient à la vérité rendu l'observation plus facile. « Elle est seulement sa favorite et sa première amie, disait le monde. Rien n'est plus heureux pour elle ni plus heureux pour lui [5].»

Malheureusement, ni Dieu, ni Mme de Montespan ne devaient gagner à ce accommodement, et le paradis terrestre auquel faisait allusion Mme de Scudéry n'était le plus souvent qu'un enfer anticipé[6]. Le roi ne comprenait point encore l'amour épuré des précieuses, et Mme de Montespan, quoique « la maison ne fût point à louer[7]», redoutait à bon droit toutes les beautés qui paraissaient aimables. Comme si, remarque gaillardement à ce sujet Mme de Sévigné, les duels « étant défendus, les rencontres étaient permises[8]».

Mais ce qui mettait surtout le comble aux inquiétudes de l'*amie*, c'était l'impression toute nouvelle que l'esprit gracieux, la raison enjouée et la complaisance de Mme de Maintenon commençaient à faire sur le Roi[9]. La

[1] Madame de Sévigné ; 26 juillet 1675, III, 343.

[2] Lettres de Bussy-Rabutin, éd. de Paris, Florentin Delaulne, 4e partie, pag. 169; lettre du 16 avril 1675.

[3] III, 317.

[4] Mademoiselle de Tours naquit, suivant M. Walckeaner, *Mém.* sur Madame de Sévigné, tom. V, en janvier 1676.

[5] Paris, 6 décembre 1675; Lettres de Bussy, pag. 247.

[6] Voir la curieuse lettre de Madame de Sévigné, 11 septembre 1675, III, 463.

[7] Expressions de Madame de Sévigné. 3 juillet 1675, III, 316.

[8] Lavallée ; *Correspond. génér.*

[9] Était-ce à ce commencement d'inclination que fait allusion Madame de Maintenon dans une lettre à l'abbé Gobelin, 20 mai 1675 ? « Je ne reçois de lettres que d'un seul homme, et si on » continue, on me persuadera qu'il ne faut faire fonds que sur des gens dont l'amitié est plus vive » que vous ne le voulez.» *Correspond. génér.*, I, 274.

gouvernante était entrée par cette ouverture que lui avait faite le remords de carême ; elle avait parlé doucement et avec réserve de sagesse et de religion, et s'était fait écouter.

Un voyage à Barèges, pendant l'été de 1675, pour la santé du jeune duc du Maine, et durant lequel elle avait écrit de longues lettres au Roi, avait peu à peu dissipé les préventions et provoqué la confiance. Aussi, lorsque Louis revint de l'armée et rappela Mme de Montespan à Versailles, la jalouse marquise put s'apercevoir avec terreur du progrès que cette rivale inattendue avait fait dans les bonnes grâces du maître.

Voici ce que raconte à ce sujet Mme de Sévigné, éclairée cette fois encore par les indiscrétions de Mme d'Heudicourt : « L'amie qui voyage est d'un orgueil qui la rend révoltée contre les ordres de *Quanto :* elle n'aime pas à obéir ; elle veut bien être au père et non pas à la mère ; elle fait le voyage à cause de lui et point du tout pour l'amour d'elle ; elle rend compte à l'un et point à l'autre ; on gronde l'ami d'avoir trop d'amitié pour cette glorieuse[1]. »

Lorsque Mme d'Heudicourt faisait voir à Mme de Sévigné ce dessous de cartes, elle croyait encore que dans cette lutte l'avantage resterait à Mme de Montespan ; mais le bon succès du premier voyage de Barèges augmenta d'abord la faveur de la gouvernante et la rendit sensible à toute la Cour.

La confidente infidèle de ce duel intime, au lieu de réconcilier ses deux amies, essaya de profiter, pour son propre compte, de toutes ces circonstances singulières. Elle tenta de rallumer dans le cœur du Roi les feux excités quinze ans auparavant par Mlle de Pons[2]. Réussit-elle dans ce dessein coupable, et fut-elle, suivant la jolie comparaison de Mme de Sévigné, une des nombreuses mouches qui passèrent alors devant les yeux[3] ? Qui le sait ! mais Mme de Montespan le crut un instant, et dans ses emportements jaloux se brouilla encore une fois avec elle[4]. Cette fois, du moins, Mme d'Heu-

---

1 Lettre du 7 août 1675, tom. III, pag. 362.

2 Madame de Sévigné ; Lettre du 19 août 1676, tom. V, pag. 428, et 16 octobre 1676, V, 31.

3 Expressions de Madame de Sévigné, en parlant de Madame de Gramont, 15 octobre 1677, tom. V, pag. 268.

4 C'est à cette brouillerie que fait allusion Madame de Grignan, lorsqu'elle demande s'il y a eu un raccommodement en forme. Sévigné, IV, 428.

dicourt n'alla point, comme au temps de sa première disgrâce, se renfermer tristement dans ses terres. Elle ne quitta point Paris, où nous la retrouvons pendant l'hiver, en visite avec Mmes de Ludres et de Gramont. Comme elle était l'amie de Mme de Grignan, elle voulait lui faire la cour par les soins qu'elle prenait de sa mère[1]. Aussi, pendant cette même année 1676, la voit-on fort souvent dans la société de l'aimable marquise. Elle assistait, avec elle et Mme de Coulanges, à une représentation d'*Atys*, opéra de Lulli, qui attirait alors la foule et que Mme de Maintenon préférait à tous les autres[2]. Trois mois après, Mme de Sévigné, revenant de Vichy, la retrouve encore parmi les dames venues à sa porte pour demander quand elle arriverait[3]. Mais les compagnies de Paris ne lui faisaient point oublier la Cour : elle était folle de ce pays-là, et nulle disgrâce n'était capable de l'en dégoûter. Elle fit si bien qu'elle se rapprocha de Mme de Montespan, et put ainsi prendre sa part de toutes les fêtes qui suivirent le retour du Roi pendant l'été de 1676.

Louis était revenu de l'armée le 8 juillet, et le même jour Mme de Montespan était arrivée des eaux de Bourbon[4]. Bientôt, la « pure amitié » rendit sa place à l'amour, et Mme d'Heudicourt reprit tout aussi naturellement ses anciennes familiarités avec les deux amants. Elle eut un logement à la Cour, elle fut de tous les divertissements et ne quitta plus d'un pas, ni le Roi, ni sa maîtresse. Elle était, disait alors Mme de Sévigné, en faisant allusion à un personnage du vieux roman de l'*Amadis*, dans « la gloire de Niquée[5] ». Néanmoins, cette faveur si enviée était précaire et sujette à de cruelles intermittences. Il faut entendre sur ce point Mme de Sévigné :

« Vous me parlez, écrivait-elle à Mme de Grignan, de Mme d'Heudicourt, et vous voulez un raccommodement en forme ; il n'y en a point. Le temps efface, on la reçoit ; elle a une facilité et des manières qui ont plu ; elle est faite à ce badinage ; elle ne frappe point l'imagination de rien de nouveau, elle est indifférente, on n'a plus besoin d'elle, mais elle a par-dessus les

[1] Madame de Sévigné, 22 avril 1676, tom. III, pag. 267.
[2] *Ibid.*, 6 mai 1676, tom. IV, 285. Cf., tom. IV, pag. 200, note.
[3] *Ibid.*, 1er juillet 1676, tom. IV, 357.
[4] *Ibid.*, 8 juillet 1676, tom. IV, pag. 372. — *Souvenirs* de Madame de Caylus, pag. 389.
[5] *Ibid.*, 29 juillet 1676, tom. IV, pag. 397, et 7 août 1676, tom. IV, pag. 416.

autres qu'on y est accoutumé : la voilà donc dans cette calèche ; et puis on a besoin de son logement, elle s'en va; il manque un degré de chaleur pour en chercher un autre , ce sera pour une autre fois. Voilà le sable sur lequel on bâtit, et voilà la feuille volante à qui l'on s'attache [1]. »

Ainsi Mme d'Heudicourt allait et venait, suivant l'occasion, de ses terres à la Cour et de la Cour dans ses terres[2]. Mais quand Mme de Montespan eut complètement repris son empire sur le cœur du Roi, tous les airs de jalousie disparurent, les humeurs s'adoucirent, et Mme d'Heudicourt revint sur l'eau[3].

« La grande femme, écrivait au mois d'octobre Mme de Sévigné, s'est fort éclaircie avec *Quanto*, et a fait voir au doigt et à l'œil qu'elle était incapable d'approuver de nouveaux feux. On ne peut pas être mieux qu'elle est présentement ; peut-être que demain ce ne sera plus la même chose : mais enfin, elle est au comble ; on lui a donné quatre cents louis pour les habits de Villers-Cotterets, où l'on doit faire la Saint-Hubert... Elle a été si sotte que de donner scrupuleusement dans l'étoffe : il me semble qu'elle eût mieux fait d'en mettre au moins une partie en pain de Gonesse, d'autant plus que quand on n'achète pas un visage neuf, les atours ne font plus un bon effet [4]. »

Ce nouveau regain de faveur ne fut point aussi court que le premier : Bonne de Pons en put jouir pendant près d'une année, et, le 30 juillet 1677, Mme de Sévigné écrivait encore à sa fille : « Mme d'Heudicourt est entièrement dans la gloire de Niquée ; elle y oublie qu'elle est prête d'accoucher [5] ».

Elle l'oubliait si bien qu'elle était de tous les plaisirs de la Cour, et toujours « dans la gloire de Niquée ». A la fête brillante que Colbert donna à Louis XIV dans sa belle maison de Sceaux, elle était au nombre des dames que le Roi fit mettre à sa table, avec Mme de Montespan et les dames de la famille du Ministre[6].

---

[1] Madame de Sévigné, 19 août 1676, tom. IV, pag. 428.
[2] *Ibid.*, 14 août 1676, tom. IV, pag. 426.
[3] *Ibid.*, 2 octobre 1676, tom. V, pag. 11.
[4] *Ibid.*, lettre du 16 octobre 1676, tom. IV, pag. 31.
[5] *Ibid.*, V. 167.
[6] *Le nouveau Mercure galant*, juillet 1677, pag. 206.

Mais si Mme d'Heudicourt aimait la Cour avec fureur, elle avait, avec les qualités nécessaires pour y réussir, des défauts qui devaient la perdre. C'était, dit Saint-Simon, une créature sans âme. Frivole, coquette, acharnée au plaisir, « gratuitement, continuellement, désespérément méchante[1] », elle ne ménageait ni sa réputation, ni celle des autres. Malgré sa première disgrâce, elle avait, à ce qu'il parait, continué son intrigue avec le marquis de Béthune, qui était alors ambassadeur en Pologne, auprès du roi Sobieski, gendre, comme lui, du comte d'Arquien ; elle lui livrait dans ses lettres tous les mystères de la Cour[2]. On découvrit enfin le secret de cette correspondance, et cette fois la disgrâce semble avoir été complète : la coupable fut de nouveau chassée.

Ainsi s'accomplissait, pour la seconde fois, une prédiction rapportée par La Beaumelle, dans les *Mémoires* de Mme de Maintenon. Mme d'Heudicourt et Mme de Scarron, toutes deux habillées en femmes de chambre, avaient accompagné Mme de Montespan chez une fameuse sorcière de Paris. La devineresse annonça d'abord à Françoise d'Aubigné sa grandeur prochaine, puis se tournant vers Mme d'Heudicourt : « Pour vous, ma *Bonne*, lui avait-elle dit, vous ferez aussi fortune, mais vous serez chassée de la Cour, à cause de votre mauvaise langue[3] ».

Louis XIV et sa favorite furent irrités à l'excès de ces nouvelles trahisons et voulurent obliger Mme de Maintenon elle-même à leur promettre de ne plus revoir jamais la perfide marquise. Mais la gouvernante était véritablement attachée à cette amie de sa jeunesse et de sa mauvaise fortune. Elle ne consentait pas à l'abandonner sans avoir la preuve de ses torts. On lui montra les lettres : il fallut bien se rendre et donner parole de ne plus la revoir[4].

---

[1] Saint-Simon; IV, 291, 292.

[2] Je sais seulement qu'elle roulait sur des lettres de galanterie écrites à M. de Béthune, ambassadeur en Pologne. *Souvenirs* de Madame de Caylus, 444. Sobieski ne devint roi de Pologne qu'en 1674 : les lettres de galanterie ne furent donc pas la cause de la disgrâce de 1671.

[3] La Beaumelle place cette prédiction à l'époque du projet de mariage de Madame Scarron avec le duc de Villars-Brancas. *Mém.* de Madame de Maintenon, tom. II, pag. 111, 112. Elle serait alors postérieure à la première disgrâce de Madame d'Heudicourt, en 1671.

[4] Madame de Caylus, pag. 444.

Mme de Maintenon ne cédait pas uniquement à l'évidence ; elle obéissait en outre à des considérations toutes personnelles et subissait l'empire de circonstances qu'il est absolument nécessaire d'éclaircir pour bien comprendre les motifs de sa conduite envers Mme d'Heudicourt.

Le temps pendant lequel avait duré « la pure amitié entre Louis XIV et Mme de Montespan avait été pour la gouvernante une période, sinon de calme et de repos, au moins de crédit et de faveur. Il semblait que son règne avait déjà commencé. » Elle est « encore, écrivait le 6 mai 1676 Mme de Sévigné, » plus triomphante que Mme de Montespan : tout est comme soumis à son » empire : toutes les femmes de chambre de sa voisine sont à elle : l'une lui » tient le pot à pâte à genoux devant elle, l'autre lui apporte ses gants, l'autre » l'endort ; elle ne salue personne, et je crois que dans son cœur elle rit bien » de cette servitude[1] ».

Mme de Maintenon se moqua probablement d'abord de ces empressements serviles, mais elle ne s'en moqua pas toujours. « Elle a de l'esprit, disait déjà Tallemant, mais l'applaudissement la perd[2]. » Aussi, malgré sa modération naturelle et la solidité de sa raison, fut-elle un moment éblouie par ce commencement de prospérité. La tête lui tourna ; ses manières devinrent moins simples et moins aimables, et le changement fut si visible à tous les yeux, que le bruit en arriva jusqu'à Mme de Sévigné, dans le fond de la Bretagne. Je suis étonnée, écrivait, de la terre des Rochers, la marquise à sa fille, de ce qu'on m'apprend de Mme de Maintenon : « on dit qu'elle n'est » plus si fort l'admiration de tout le monde et que le proverbe a fait son effet » sur elle[3] ».

On n'aurait pas sur cet éblouissement passager le témoignage si précis et si formel de Mme de Sévigné, qu'il serait facile d'en retrouver la trace dans la correspondance authentique de Mme de Maintenon. Elle écrit pendant l'hiver à l'abbé Gobelin : « Je suis très-convaincue des vérités que vous m'écrivez » et je voudrais de tout mon cœur mener une vie moins dissipée que n'est » la mienne ; j'en passerai bientôt une bonne partie à l'opéra, où je fais

---

1 Madame de Sévigné, tom. IV, 284.

2 *Histoire du petit Scarron* ; loc. cit.

3 Madame de Sévigné, 18 décembre 1675, éd. Hachette, IV, 286.

» quelquefois de bonnes réflexions, mais où il est, ce me semble, honteux » d'être quand on a près de quarante ans et que l'on est chrétienne [1]. »

Autrefois il n'était question avec l'abbé que de désirs et de projets de retraite : alors elle devient presque muette à ce sujet, et comme son directeur paraît s'étonner de ce silence, elle lui répond en se plaignant de ses indiscrétions : « Je désire plus ardemment que jamais d'être hors d'ici, et » je me confirme de plus en plus dans l'opinion que je n'y puis servir Dieu; » mais je vous en parle moins, parce qu'on me dit que vous dites tout à » l'abbé Testu. » Et deux jours après : « Il m'est revenu qu'il avait appris » par vous le dessein formé que j'ai de sortir d'ici, que je ne lui avais » jamais dit, et dont il ne savait que des projets en l'air [2]. »

Ainsi, Mme de Maintenon, désire ardemment sortir, mais elle reste, et, en attendant, elle s'inquiète de voir divulguer son dessein de retraite au moment où elle est à merveille avec Mme de Montespan [3]. De là, le dépit mal dissimulé qui perce dans ses lettres à son directeur; de là, cette mauvaise humeur qui éclate contre un ancien ami, l'abbé Testu, qu'elle accuse d'être curieux et adroit et « d'avoir en tout ce qui regarde la Cour des vues fort éloignées des siennes [4] ».

Tels étaient ses sentiments avant le rapprochement de Louis XIV et de Mme de Montespan. Les choses changèrent après le mois de juillet 1676.

---

[1] Lettre du 2 janvier 1676, *Correspond. génér.*, I, 295. Madame de Maintenon ajoute immédiatement après : « Priez Dieu qu'il me conduise et vous inspire ce que je dois faire». Comment M. Th. Lavallée a-t-il eu l'idée d'accompagner ces lignes, où Madame de Maintenon entretient seulement son directeur de ses scrupules de conscience, du commentaire suivant ? «La lutte contre » Madame de Montespan était à recommencer ; on voit par cette phrase que Madame de Main- » tenon était l'instrument de l'abbé Gobelin, ou plus exactement du parti dévot » (pag. 296). — Il s'agit bien ici de Madame de Montespan et du parti dévot. On y voit un directeur qui se plaint de la vie dissipée de sa pénitente, et d'une pénitente qui ne sait pas ce qu'elle doit faire. — D'ailleurs, au mois de janvier 1676, la lutte contre Madame de Montespan n'était pas encore à recommencer ; c'était le temps de la pure amitié. La rechute, d'après tous les témoignages contemporains, n'eut lieu que six mois plus tard.

[2] Lettres du 17 et du 19 juin 1676 ; *Correspond. génér.*, I, 308 et 309.

[3] *Ibid.*, pag. 308.

[4] Peut-être l'abbé Testu paya-t-il bien chèrement après l'élévation de Madame de Maintenon sa curiosité malencontreuse. Le fait est que Louis XIV, étrangement prévenu contre lui, resta constamment sourd à toutes les instances qui furent faites en sa faveur. (Voyez *Souvenirs* de Mme de Caylus, pag. 415 ; *Éloges historiques* de d'Alembert, éd. 1805, tom. X, pag. 315.)

Mme de Maintenon, qui ne veut rien accorder, ne peut lutter à armes égales contre la favorite, qui s'est de nouveau livrée. Aussi ne peut-elle cacher son dépit et son désappointement. Non pas qu'il éclate en plaintes violentes, comme celles que lui prête le trop ingénieux La Beaumelle. « Je vous l'avais » bien dit, lui fait-il écrire à Mme de Saint-Géran, que M. de Condom (Bossuet) » jouerait dans toute cette affaire un personnage de dupe. Il a beaucoup » d'esprit, mais il n'a pas celui de la Cour. Avec tout son zèle, il a préci- » sément fait ce que Lauzun aurait eu honte de faire. Il voulait les » convertir, et les a raccommodés [1].»

Heureusement pour elle, Mme de Maintenon n'a point écrit cette lettre romanesque ; mais, à la veille de l'arrivée de Mme de Montespan, elle éprouve une violente migraine et en reste « toute abattue [2] », et, quand le scandale est consommé, elle est triste et découragée. Elle écrit à son frère : « Adieu, je m'en vais me baigner à Maintenon; plût à Dieu que vous y fussiez ! Nous y serons quelques jours; songez à Dieu, c'est tout ce qu'il y a de nécessaire [3] ».

Qu'on rapproche cette lettre empreinte de tristesse, d'une autre lettre écrite l'avant-veille par Mme de Sévigné, et dans laquelle il est dit : « Jamais la souveraine puissance de *Quanto* n'a été si bien établie [4]», et l'on en comprendra le sens mystérieux. Mme de Maintenon craint l'avenir.

Et pourtant, rien n'avertit d'abord la Cour de la quitter : le Roi continue d'en « parler comme de sa première ou de sa seconde amie [5]» ; mais peu à peu sa faveur baisse et s'éclipse, et le joug impérieux de Mme de Montespan recommence à peser sur elle. Quelle amertume dans ces plaintes adressées, vers la fin de décembre, à son directeur ! « J'arrivai hier de Maintenon, où j'ai passé huit jours dans un repos d'esprit qui me fait trouver ceci pis que jamais. Il est impossible que je soutienne longtemps la vie que je mène; je prends trop sur moi pour que le corps ou l'esprit n'y succombe pas, et peut-être tous les deux [6]. »

[1] La Beaumelle, éd. Amsterdam, tom. I, pag. 102.
[2] *Correspond. génér.*, I, 310, à l'abbé Gobelin. 9 juillet 1676.
[3] *Ibid.*, I, 316. 9 août 1676.
[4] Madame de Sévigné, 7 août 1676, IV, 415.
[5] *Ibid.*, 26 août 1676, IV, 441. Éd. Hachette, V, 38.
[6] *Correspond. génér.*, I, 321. 20 décembre 1676.

Cependant, après cette première éclipse de sa puissance, la gouvernante ne s'était pas décidée à quitter la place. Elle parlait sans cesse de retraite, de besoin de repos; mais, soit ambition qui se cachait à elle-même, soit désir sincère de ramener Louis à la vertu, soit enfin, comme elle l'a dit plus tard et paraît le croire, volonté formelle de son directeur, elle était restée attachée à son esclavage. Elle écrivait à son frère : « Je suis lasse à mourir, et accablée de petites affaires[1] », ce qui ne l'empêchait pas quelques mois après de dire à ce même frère : « L'on croyait être défait de nous; vous croirez bien, vous qui nous connaissez, que l'on ne s'en défait pas si aisément [2]. »

Le temps lui avait donné raison. Les infidélités continuelles de Louis et les fureurs jalouses de la favorite avaient insensiblement amené une situation singulière que définit assez bien La Beaumelle, lorsqu'il met dans la bouche de Mme de Montespan les paroles suivantes : Le Roi a trois maîtresses : moi de nom, Mlle de Fontange de fait, et Mme de Maintenon de cœur. En effet, le monarque, ramené par l'habitude à Mme de Montespan, et sans cesse éloigné d'elle par ses emportements hautains, heureux dans des plaisirs volages avec Mme de Ludres ou Mlle de Fontange, ne retrouvait le calme et la tranquille possession de soi-même qu'auprès de Mme de Maintenon ; si bien que peu à peu la gouvernante voyait augmenter le goût du Roi pour elle, et touchait au moment de reprendre tout son ancien crédit. Mais la situation était bien glissante encore ; elle était toujours sous la dépendance de Mme de Montespan : elle avait donc encore besoin de grands ménagements et ne devait s'entourer que de personnes irréprochables.

C'est dans ces circonstances qu'arriva la dernière des disgrâces de Mme d'Heudicourt, et l'on comprend maintenant pourquoi Mme de Mainte-

---

[1] 25 février 1677. *Corresp. génér.*, I, 326.

[2] 27 mars 1677. *Corresp. génér.*, I, 336. La Beaumelle, qui a la manie de souligner et de commenter toutes les paroles de Madame de Maintenon, ajoute ces deux vers :

> Et Maintenon ne fera pas
> Ce que le vieux duc n'a pu faire.

Éd. Amsterdam, tom. I, pag. 137. — Il réunit d'ailleurs dans la même lettre les deux passages que nous avons cités, éd. Amsterdam, tom. II, pag. 109, lettre que La Beaumelle prétend adressée par Madame de Maintenon, le 14 juin 1679, à Madame de Saint-Géran.

non se crut obligée une seconde fois de rompre avec son ancienne amie. « J'ai été sensiblement touchée, écrivait-elle à son cousin, M. de Villette, d'abandonner Mme d'Heudicourt, mais je ne pouvais plus la soutenir sans nuire à ma réputation et à ma fortune[1]. » La même politique qui la forçait de sacrifier Bonne de Pons devait, quelques mois plus tard, la porter à faire nommer gouvernante des filles d'honneur de la nouvelle Dauphine une autre amie de sa jeunesse, Mme de Montchevreuil. Cette « grande créature, maigre, jaune, qui riait niais et montrait de longues et vilaines dents[2] », formait un contraste parfait avec Bonne de Pons. Autant l'une était vive, légère et naturelle, autant l'autre était froide et composée dans son maintien. Mme d'Heudicourt trouvait toujours le moyen d'amuser et de plaire; Mme de Montchevreuil était sèche et ennuyeuse. D'un esprit au-dessous du médiocre, d'un zèle capable à dégoûter les plus dévots de la dévotion, c'était, dit Mme de Caylus, une femme de mérite, si l'on borne le mérite à n'avoir point de galanteries[3]. Telle était la dame par laquelle Mme de Maintenon remplaça celle qu'elle avait été forcée d'abandonner. « Il lui convenait, ajoute sa nièce, de produire à la Cour une ancienne amie, d'une réputation sans reproche, avec laquelle elle avait vécu dans tous les temps, sûre et secrète jusqu'au mystère. »

Mme d'Heudicourt, ainsi délaissée, s'éloigna pleine de désespoir. Elle s'en alla dans ses terres, en Normandie[4], où elle demeura quelques années. « Le chagrin, dit Mme de Caylus, la rendit si malade, qu'elle fut plusieurs fois à l'extrémité. Une chose bien particulière lui arriva dans une de ses maladies, c'est qu'elle se démit le pied dans son lit, et comme on ne s'en aperçut pas, elle demeura boiteuse; et cette femme, si droite et si délibérée, ne pouvait plus marcher quand elle revint à la Cour[5]. »

Malgré son infirmité et la perte complète de son ancienne beauté, elle

---

1 Voir l'*Appendice*, à la fin de cette étude.

2 Saint-Simon ; I, 23.

3 Madame de Caylus ; *Souvenirs*, pag. 420.

4 Heudicourt est une commune du canton d'Étrepagny, arrondissement des Andelys, et département de l'Eure. Les quelques années dont parle Madame de Caylus se réduisent à quelques mois.

5 Madame de Caylus, pag. 444.

finit par n'y plus tenir, et, croyant que tout était oublié, reparut à Versailles pendant l'été de 1680, moins de deux ans après son exil.

« On me mande encore, écrivait des Rochers Mme de Sévigné, que cette d'Heudicourt est à la Cour, laide comme un démon, avec un bâton dont elle se soutient à profit ; elle relève d'une maladie, il n'y en a guères que l'on ne dût préférer à celle qu'elle a d'aimer ce pays-là ; quelle folie en l'état où elle est[1] ! »

Lorsque Bonne de Pons, tellement changée qu'on ne pouvait pas s'imaginer qu'elle eût été belle[2], s'avisa de reparaître, les situations avaient aussi complètement changé de face. Mme de Maintenon était sortie victorieuse de la lutte qu'elle avait soutenue contre Mme de Montespan.

Non-seulement on l'avait soustraite à la tyrannie et à l'humeur de son ancienne maîtresse, en l'attachant à la maison de la Dauphine avec le titre nouveau de dame d'atours, mais elle était redevenue l'âme de la Cour[3]. «Cette dame de Maintenon ou de *Maintenant*, écrivait Mme de Sévigné, passe tous les soirs depuis huit heures jusqu'à dix avec Sa Majesté. M. de Chamarande la mène et la ramène à la face de l'univers[4]. »

C'est que Françoise d'Aubigné avait enfin pris la place que Mme de Montespan avait dédaignée, celle de *solide amie* de Louis XIV. Elle lui faisait, suivant la lettre si souvent citée de Mme de Sévigné, « connaître un pays tout nouveau, je veux dire le commerce de l'amitié et de la conversation, sans chicane et sans contrainte[5]».

En attendant qu'elle ramenât Louis XIV à la vertu, elle l'attachait tous les jours davantage au charme sérieux de ses entretiens. Voulait-il aller plus avant, elle le contenait par sa froideur et lui imposait le respect des conditions qu'elle avait mises à devenir son amie[6]. Louis se retirait affligé de

---

1 Madame de Sévigné, 17 juillet 1680, VI, 380.

2 *Souvenirs* de Madame de Caylus, pag. 445.

3 Madame de Sévigné, 5 janvier 1680, VI, 93.

4 18 septembre 1680. Éd. Blaise, VI, pag. 465.

5 17 juillet 1680, tom. VI, pag. 378.

6 Toute trace de ce véritable traité d'amitié a disparu dans la Correspondance authentique de Madame de Maintenon. La Beaumelle y supplée par de prétendues lettres à Mesdames de Saint-Géran et de Frontenac, et la fameuse phrase qui depuis le *Siècle de Louis XIV* traîne partout : « Je le renvoie toujours affligé et jamais découragé », tom. I, pag. 78.

cette résistance; mais le monarque, encore impétueux dans ses désirs, se consolait ailleurs, de sorte qu'il se détachait ainsi de plus en plus de Mme de Montespan ; mais d'autres avaient l'odieux et le remords du vice, tandis que Mme de Maintenon, par la dignité de son attitude et ses efforts pour rendre le prince tout entier à la Reine, recueillait avec abondance les fruits de l'honnêteté et de la bonne conduite.

Mais la situation n'en était pas moins singulière ; il fallait donc éviter avec un soin jaloux l'occasion de choquer ce maître si faible encore pour ses passions, mais si sévère pour les fautes des autres. Comme le temps n'avait point effacé les mauvaises impressions conçues contre Mme d'Heudicourt, Mme de Maintenon eut, dans les commencements, l'air de ne point s'apercevoir de sa présence à Versailles. Elle était cependant en correspondance suivie avec Mme de Miossens[1], sœur de la frivole marquise ; mais elle n'aurait pas osé, pour l'amour d'elle, manquer à la parole qu'elle avait donnée. Vainement le marquis d'Heudicourt, pour se remettre bien avec elle, prodiguait-il à son frère d'Aubigné les politesses[2], elle ne voulait point avoir de relations avec son ancienne amie[3]. C'est seulement en 1682, c'est-à-dire deux ans après la première réapparition de la marquise à la Cour, qu'elle en parle dans ses lettres. «Mme d'Heudicourt, écrit-elle à son frère, est ici malade et plus caduque qu'on ne l'est à soixante ans.» Mais à cette date, elle n'a pas de commerce avec elle, et ne la voit point encore ; ce n'est qu'après la mort de la Reine qu'elle paraît enfin s'aviser de son retour, et lui témoigne d'une manière indirecte le désir de reprendre les anciennes relations. Mlle de Murçay, jeune cousine qu'elle élève et qui sera plus tard Mme de Caylus, a l'honneur d'être parente de Mme d'Heudicourt ; elle l'envoie, sous ce prétexte, assez souvent chez elle ; Bonne fait à l'enfant mille amitiés, et c'est ainsi que se prépare un rapprochement complet entre les deux amies[4].

De son côté, Mme de Montespan n'avait plus de rancune contre Mme d'Heudicourt et lui rendait aussi sa première affection. Elle l'admettait de nou-

---

[1] Voir *Correspond. génér.*, lettres à d'Aubigné, tom. II, pag. 17 et 37.

[2] *Ibid.*, pag. 66.

[3] *Souvenirs* de Madame de Caylus, pag. 445.

[4] *Ibidem.*

veau dans ses secrets, et, malgré son indiscrétion si souvent éprouvée, se servait d'elle comme par le passé, la chargeant d'écrire pour elle à ses amies et de leur mander en détail toutes les petites nouvelles de la Cour[1].

Cependant, la Reine étant morte (30 juillet 1683), Mme de Maintenon, quelques mois après, devint la femme de Louis XIV. Sans doute, elle n'eût jamais osé rêver cet honneur ; mais, dans l'état où étaient arrivées les choses, le mariage était la seule conclusion honnête d'une affection devenue réciproque[2]. Situation bien étrange et bien mal définie, mais où Mme de Maintenon n'avait plus rien à craindre désormais pour sa fortune. Elle pouvait donc, sans se compromettre, recevoir Mme d'Heudicourt avec toute l'intimité d'autrefois.

Bonne de Pons, à son retour, n'était plus que l'ombre effrayante d'elle-même : on ne pouvait, dit Mme de Caylus qui la vit pour la première fois, s'imaginer qu'elle eût été belle[3]. Et cependant elle était encore aussi passionnée que jamais pour les divertissements de toute espèce ; elle se montrait partout dans ce monde où son esprit si naturel et si divertissant était toujours une puissance. Parfois, pourtant, quelque jeune et jolie femme, blessée par un trait méchant de cette maligne fée, se vengeait aux dépens de sa figure, et lançait contre elle un mot cruel qui la livrait pour un temps aux risées de toute la Cour. C'est ce qui lui arriva, le 16 juillet 1685, à la fête splendide offerte à Louis XIV par le marquis de Seignelay dans ses jardins de Sceaux. « Jamais plus belle fête, dit Dangeau, n'avait été donnée au Roi. Et, en effet, le fils de Colbert, pour éclipser Louvois, son rival, y avait déployé la plus ingénieuse magnificence[4]. « Quelle était jolie ! s'écrie

---

[1] Je vous ai fait mander par Madame d'Heudicourt mille petites nouvelles. *Lettre* de Madame de Montespan *à la duchesse de Noailles*, 1er juin 1685. P. Clément, pag. 265.

[2] Saint-Simon, tom. VIII, pag. 138, place ce mariage mystérieux après le voyage de Fontainebleau, pendant l'hiver qui suivit la mort de la Reine (1684), et ce témoignage est d'accord avec celui de Madame de Caylus : « Enfin, les vapeurs passèrent, le calme succéda à l'agitation, et ce fut à la fin de ce même voyage ». *Souvenirs*, pag. 446. — Madame de Caylus cite à l'appui les lettres écrites à l'abbé Gobelin, pag. 447, et elle a raison. Madame de Maintenon, dès cette époque, ne délibère plus.

[3] *Souvenirs*, pag. 445. Elle était « tôt devenue hideuse ». Saint-Simon ; *Additions aux Mémoires* de Dangeau, tom. I, pag. 316.

[4] C. Rousset ; *Histoire de Louvois*, tom. III, pag. 392.

Mme de Sévigné, qu'il y a d'esprit d'invention dans ce siècle, que tout est nouveau, galant, diversifié! Je ne crois pas qu'on puisse aller plus loin[1]. » Mme d'Heudicourt n'avait pas manqué d'assister à cette belle fête. Elle s'y prit de querelle avec une fille d'honneur de Madame, Mlle de Poitiers, une des femmes les plus charmantes et les plus goûtées de la Cour[2]. Cette jeune fille, poussée à bout par un sarcasme de la marquise, finit par lui dire : « Vous êtes un plaisant visage de fête». «Vraiment elle a raison, disait sagement à ce propos Mme de Sévigné : il faut dans une fête un visage qui ne gâte point la beauté de la décoration, et quand on n'en a point, il en faut emprunter, ou n'y point aller[3]. » Mme d'Heudicourt y allait pourtant et, à défaut de sa beauté disparue, y portait les charmes inaltérables d'une imagination si vive et si singulière qu'elle trouvait toujours le moyen d'amuser et de plaire[4]. « On ne pouvait, dit Saint-Simon, avoir plus d'esprit, ni savoir plus de choses, ni être plus plaisante, plus amusante, plus divertissante, sans vouloir l'être[5]. »

Le Roi, qui connaissait de longue date tous les agréments de ce commerce enchanteur, ne garda pas longtemps rancune à la compagne de sa jeunesse. Il rendit à Mme de Maintenon la parole qu'elle avait donnée de ne plus la revoir, et finit même par lui accorder un logement à Versailles avec mille écus de pension[6]. Bientôt la révocation de l'édit de Nantes devint pour elle l'occasion de nouvelles faveurs et servit encore à augmenter son crédit.

Mme d'Heudicourt eut, en effet, son rôle dans cet événement si funeste, et servit, au moins dans le sein de sa famille, le prosélytisme de Louis XIV et de Mme de Maintenon. Née, comme on l'a vu, dans le calvinisme, elle

---

[1] 23 juillet 1685, VII, 311.

[2] C'est un nouveau friand, s'il en est dans le monde. Benserade ; *Ballet royal du triomphe de l'Amour*. Œuvres de Benserade, éd. de 1697, tom. II, pag. 407.

[3] Madame de Sévigné, VII, 312. *Lettre de Madame de Maintenon* à d'Aubigné, 5 août 1685. *Correspond. génér.*, II, pag. 408.

[4] Madame de Caylus, pag. 445.

[5] Saint-Simon, IV, 291.

[6] Madame de Caylus; *loc. cit.*— Le logement et la pension sont antérieurs à 1688. Dangeau, tom. II, 110. 18 février 1688, à Marly. « Madame d'Heudicourt a eu 1,000 écus de pension de plus qu'elle n'avait.»

s'était convertie d'assez bonne heure ; mais son mari, le grand-louvetier, et sa sœur aînée, la comtesse de Miossens, étaient demeurés fort longtemps fidèles à la Réforme. La dernière, particulièrement, avait montré la fermeté la plus opiniâtre. Inquiétée par les intendants dans son château de Bourg-Charente[1], pressée vivement par Mme de Maintenon, qui l'aimait et l'estimait beaucoup[2], mais la voyait avec peine contrarier toutes ses vues religieuses sur sa famille[3], elle avait toujours résisté aux vexations comme aux promesses. Elle avait même, si l'on en croit les Mémoires de La Beaumelle, pour ne point aller à la messe, refusé la charge de première dame d'honneur de la Dauphine[4].

Cette grande fermeté finit toutefois par céder, et Mme de Miossens, éclairée par les instructions de Bossuet, abjura entre ses mains, dans la chapelle de Versailles, le 30 janvier 1686. Quelques jours après, le marquis d'Heudicourt imita l'exemple de sa belle-sœur et se convertit à son tour (11 février 1686[5]).

Ainsi, tous les proches de Bonne de Pons étaient rentrés dans le sein de l'Église, ce qui ne fut pas inutile à sa faveur. Sa pension de mille écus fut doublée en 1688[6], et, la même année, le mariage de sa fille fut pour sa maison l'occasion de nouvelles grâces. Cette « petite d'Heudicourt[7] », longtemps élevée avec le duc du Maine, avait comme une seconde mère dans Mme de Maintenon. On lui fit épouser le marquis de Montgon, colonel des cuirassiers, « dont l'esprit, dit Saint-Simon, réparait tant qu'il pouvait la

---

[1] MM. Haag, au mot Pons, tom. VII, 1857, pag. 293, 2e colonne.

[2] Il est souvent question de cette estime et de cette amitié dans la *Correspond. génér*. Voir surtout, tom. II, pag. 269 et 411.

[3] La conduite de Madame de Maintenon est, ici comme dans tout le reste de sa vie, assez difficile à définir. Naturellement bonne et modérée, elle n'aime pas les mesures de rigueur, et elle les emploie : elle est indignée contre les conversions hypocrites, et elle fait ce qu'il faut pour les provoquer. Rien ne peint mieux ces contradictions qu'une lettre à M. de Villette, du 4 septembre 1687, tom. III, pag. 90.

[4] *Mém.* de Madame de Maintenon, II, 260.

[5] *Mém.* de Dangeau, 1, 29 et 294.

[6] *Ibid.*, II, 110.

[7] Expressions de Dangeau, I, 380.

valeur[1] ». L'époux eut mille écus de pension du Roi, et la demoiselle deux mille ; elle eut en outre vingt-deux mille écus d'argent comptant, et Mme de Miossens, sa tante, lui assura vingt mille livres après sa mort [2]. »

Mme d'Heudicourt était ainsi parvenue au comble de la faveur, et désormais ne quitta plus Versailles. Elle passait sa vie dans la privance la plus familière avec Mme de Maintenon et avec le Roi [3] : « elle était de tous les Marlys, et quand Louis conduisit Mme de Maintenon au siége si fameux de Namur, elle était du voyage[4] ». Aussi, d'après Saint-Simon, tout : « faveur, grandeur, places, ministres, enfants du Roi, même bâtards, tout fléchissait le genou devant cette mauvaise fée, qui ne savait que nuire et jamais servir. Son appartement était un sanctuaire où n'était pas admis qui voulait[5] ».

Saint-Simon complète ce sombre tableau par un dernier trait qui l'achève : « Cette mauvaise fée qui ne savait que nuire et jamais servir ». Un des plus vieux amis de Mme d'Heudicourt put éprouver la vérité de cette remarque mordante. Ce fut le fameux abbé Testu, dont le nom revient si souvent dans la correspondance de Mme de Sévigné. Il avait été mêlé toute sa vie dans la bonne compagnie, surtout parmi les dames, au milieu desquelles il aimait à primer, car il ne voulait avoir ni compagnon ni maître dans les maisons qu'il honorait de son estime[6]. Ses amis essayèrent plusieurs fois d'en faire un évêque. Mais il était, suivant l'expression de Mme de Maintenon, noyé dans le commerce des femmes, et certaines chansons passablement scandaleuses couraient sur son compte[7]. Louis XIV avait donc résisté à toutes les instances. Mme d'Heudicourt, que l'abbé Testu avait connue à l'hôtel d'Albret et avec laquelle il était resté depuis lors sur le pied de la plus grande intimité, espéra qu'elle serait plus heureuse, et revint à la charge. « L'abbé, répondit le Roi, n'est pas assez homme de bien pour conduire les autres. » « Sire, répliqua la maligne fée, il attend, pour le devenir, que vous

1 Saint-Simon, I, 228.
2 *Mém.* de Dangeau, II, 125.
3 Saint-Simon, IV, 282. Voir Dangeau, *passim*.
4 Dangeau, IV, 73.
5 Saint-Simon ; IV, 292.
6 Madame de Sévigné, 14 septembre 1676, IV, 461. — Saint-Simon, III, 287.
7 Madame de Maintenon au Cardinal de Noailles. Consulter le Recueil de Maurepas.

l'ayez fait évêque.» Le mot est mordant pour ceux que nommait Louis XIV; mais comment Mme d'Heudicourt s'y serait-elle prise autrement pour nuire à celui qu'elle voulait servir[1] ?

A cette époque, Mme de Maintenon, heureuse et fière d'avoir ramené Louis à la pratique exacte de ses devoirs religieux, espérait y ramener aussi toute la Cour. « La piété devient fort à la mode », écrivait-elle à Mme de Brinon. Puis, par un retour de cette justesse d'esprit qui ne l'abandonna jamais, elle ajoutait avec une certaine défiance : « Dieu veuille la rendre sincère dans tous les cœurs qui la professent[2] ! » Parmi tous ces seigneurs et toutes ces belles dames que l'exemple du prince attirait extérieurement à Dieu, il y avait comme un petit troupeau choisi qui se serrait autour de Mme de Maintenon et, vivant avec elle dans une sorte de retraite bénie, formait ce que, dans le langage à moitié mystique, à moitié précieux, de ces mères de l'Église, on appelait le *Couvent*[3]. On s'assemblait à certains jours pour faire de bonnes œuvres, pour s'exciter mutuellement à la pratique de la vertu. Mme de Maintenon, née, comme on l'a dit, pour être l'abbesse universelle, en était la supérieure, et Fénelon, alors à la fleur de son crédit, en était le directeur! Mme d'Heudicourt, qu'on ne s'attendait guère à retrouver dans ce pieux cénacle, en faisait pourtant partie avec Mesdames de Ventadour, de Beauvilliers et de Montchevreuil[4].

La grande querelle du quiétisme dispersa ce petit troupeau : Mme de Maintenon se dégoûta de Fénelon, comme elle s'était dégoûtée de l'abbé Gobelin, comme elle se dégoûtera plus tard du cardinal de Noailles[5] ; mais elle ne se dégoûta pas de Mme d'Heudicourt. Au contraire, la mort de Mme de Montchevreuil, cette autre elle-même, arrivée en 1695, acheva de resserrer les liens qui l'unissaient à la dernière de ses anciennes amies. Bonne

---

[1] *Souvenirs* de Madame de Caylus, cités par d'Alembert, *Œuvres*, éd. de Bastien, 1805, tom. X, pag. 315.

[2] 23 février 1690, *Correspond. génér.*, III, 223.

[3] Lettre à Madame la duchesse de Ventadour, février 1692. *Correspond. génér.*, III, 325

[4] *Note* des Dames de Saint-Cyr, citée par Th. Lavallée. *Correspond. génér.*, III, 325.

[5] «Quand vous commencez à trouver quelque faible dans les gens que vous avez espéré de trouver parfaits, vous vous en dégoûtez trop vite..» Fénelon à Madame de Maintenon, 1690. *Correspond. génér.*, III, pag. 263.

de Pons et Mme de Dangeau étaient, à la fin, devenues ses inséparables.

Mais, si la dernière était son bon ange, la première, au jugement des courtisans, était son mauvais. C'était l'ordinaire avec ces deux dames qu'elle se reposait quelques instants d'une représentation continuelle. Elle prenait avec elles ses repas et s'amusait à causer et à jouer au trictrac, quand le Roi ou la Cour la laissaient un moment seule [1]. Cette intimité si complète avait pourtant ses orages. Mme de Montespan, naturellement bonne et complaisante, avait beaucoup à souffrir de l'esprit malin de sa vieille amie : on la blâmait, on la chicanait, on la tourmentait souvent pour des riens [2]. « Elle fait elle-même gaîment allusion à ces fréquentes tracasseries, dans une lettre au comte d'Ayen. Mme d'Heudicourt est brouillée avec moi, lui écrit-elle un jour [3]». Mais ces petites querelles n'amenaient jamais de rupture durable : Mme de Maintenon était si patiente, et Mme d'Heudicourt si amusante et si nécessaire ! Et la première n'était pas tellement bonne qu'elle ne prît un secret et malin plaisir à entendre la seconde « mettre les gens en » pièces, en sérieux ou en ridicule, et avoir toujours quelques *mais* accablants » quand elle entendait dire du bien de quelqu'un [4]».

Mme d'Heudicourt ne faisait trêve à sa malignité que lorsqu'il s'agissait de ses enfants. Elle en avait quatre[5]: Mme de Montgon, qu'elle fit nommer parmi les dames de la duchesse de Bourgogne; un fils aîné, que Mme de Maintenon attacha comme aide-de-camp au grand Dauphin, et qui fut tué en 1693, à la bataille de Nerwinde [6]; enfin deux autres fils, dont le premier se mit au service et le second entra dans l'Église. Le militaire, au témoignage de Saint-Simon, « était une espèce de chèvre-pied, aussi méchant et plus laid » encore que son père, mais qui avait tout l'esprit de sa mère. Il faisait les

---

1 Saint-Simon ; I, 227. — Madame de Maintenon ; *Lettres historiques et édifiantes*, II, 159. *Correspond. génér.*, IV, 317 et 367.

2 XVIe *Lettre* de Madame de Maintenon *à M. le Duc de Noailles*, 25 janvier 1702. La Beaumelle, éd. Amsterdam, tom. V, pag. 27. — La correspondance publiée par M. Th. Lavallée s'arrête avec l'année 1701. Nous n'avons plus, à partir de cette époque, que le texte suspect de La Beaumelle.

3 6 février 1701. *Correspond. génér.*, tom. IV, pag. 383.

4 Saint-Simon ; IV, 293.

5 Le P. Anselme ; *Histoire généalogique de France*, tom. VIII, pag. 824.

6 *Correspond. génér.* de Madame de Maintenon, tom. III, pag. 114 et 381.

» plus belles chansons du monde, où il excellait à peindre les gens avec » naïveté et leurs ridicules avec le sel le plus fin[1] ».

« Nous avons été surpris de trouver un poète en M. d'Heudicourt », écrivait de Mme Maintenon au comte d'Ayen [2], au mois de décembre 1700, et depuis ce moment le jeune comte avait le privilége d'amuser et quelquefois d'irriter les dames par ses vers malicieux[3]. Ces petits succès de société ravissaient la mère ; « elle ne m'a pas paru, disait encore son amie, moins sensible à la poésie de son fils qu'elle le fut quand M. le cardinal d'Estrées lui donna des espérances que son fils l'abbé serait un Père de l'Église[4] ».

On s'amusait un peu, dans l'entourage de Mme de Maintenon, de ces faiblesses maternelles, et Bonne de Pons, à cause de cette tendresse et peut-être aussi par allusion à son nom de baptême, avait été surnommée dans les loisirs de Marly, par quelque courtisan qui savait du grec : Agathemiter, la *bonne mère*[5].

Elle méritait bien ce titre par les soins qu'elle mit toujours à pourvoir ses enfants. Quant à son mari, le grand-louvetier, elle ne l'aimait guère, si l'on en croit Saint-Simon, « et ils ne laissaient pas de se tourmenter l'un et l'autre. Mais il s'en était fait craindre et en tirait parti, le bâton haut, sans presque vivre avec elle. » — C'était, dit encore Saint-Simon, « un vieux vilain fort débauché et horrible, qui était supporté à cause d'elle... C'était un plaisir de le voir couper à Marly au lansquenet et faire de brusques reculades de son tabouret, à renverser ce qui l'importunait derrière, et leur casser les jambes ; d'autres fois, cracher derrière lui au nez de qui l'attrapait[6]. »

Malgré ce mari qui la tourmentait, en dépit des progrès de l'âge, et surtout de ses infirmités précoces, Mme d'Heudicourt conserva jusqu'au bout tout

---

[1] Saint-Simon ; IV, 292; cf. III, 242. Le Recueil de Maurepas a conservé une de ces chansons dont parle Saint-Simon.

[2] 19 décembre 1700. *Correspond. génér.*, tom. IV, pag. 358.

[3] Voir une riposte de Madame de Saint-Pierre dans le Recueil Maurepas.

[4] 22 décembre 1700. *Correspond. génér.*, tom. IV, pag. 360.

[5] *Lettre à Madame de Montgon*, collect. La Beaumelle, éd. Amsterdam, tom. V, pag. 259. — Il faut remarquer que nous n'avons sur ce surnom que le témoignage d'une lettre publiée par La Beaumelle.

[6] Saint-Simon ; IV, 292.

la vivacité de son esprit. Son badinage imperturbable reposait Louis XIV et Mme de Maintenon des conversations graves, et les égayait au milieu des revers qui vinrent accabler la vieillesse du grand Roi. Tout était pour elle l'occasion d'un mot heureux, d'une raillerie piquante, et la grande querelle de Fénelon, son ancien directeur, avec Bossuet, sur le pur amour, lui fournit le sujet de railleries divertissantes et de tracasseries nouvelles contre Mme de Maintenon. Son amie, on le sait, toujours éprise des nouveautés, s'était d'abord jetée à la tête de Mme Guyon, et n'avait ensuite éprouvé que de cruels déboires dans cette aventure mystique. Quand Mme d'Heudicourt la voyait abattue et découragée : un quiétiste, lui disait-elle, ne doit pas être affligé, et Mme de Maintenon, qui sentait vivement et souffrait réellement de tous nos malheurs, en concluait qu'elle n'avait jamais été quiétiste [1].

Bonne de Pons avait encore des joies d'enfant, et les événements heureux la transportaient hors d'elle-même. « Je la vois d'ici, écrivait Mme des Ursins, en annonçant à Mme de Maintenon la victoire d'Almanza, se lever à cette nouvelle et marcher comme si elle avait eu de bonnes jambes, sans savoir presque ce qu'elle faisait [2]. » Et quand elle écrivait ces lignes, la princesse, admise en 1705 dans l'intimité de Versailles et de Marly, restait encore, après son retour en Espagne, sous l'impression que lui avait laissée Mme d'Heudicourt avec son étourdissant et charmant badinage. Le malheur ne semblait avoir aucune prise sur cette gaîté intarissable. Son fils aîné était mort à Nerwinde; elle perdit en 1707 sa fille chérie, Mme de Montgon. Sa douleur fut vive et sincère [3]; mais le chagrin passa sur cette âme frivole sans la rendre plus sérieuse. Mme de Montgon était morte au mois de février; au mois de juillet suivant, sa mère semblait toute consolée et ne songeait plus qu'au plaisir. Une lettre de Mme de Maintenon à Mme de Dangeau en est la preuve.

Une des principales affaires qui a mené Mme d'Heudicourt à Paris est un dîner chez Mme de Bourdeilles, et quel dîner ! le potage était d'une servante, une tourte de pigeons d'un pâtissier, le fruit de la vallée de Mont-

---

[1] *Au Cardinal de Noailles*, 20 octobre 1704, collect. La Beaumelle, tom. III, pag. 266.

[2] *Correspond.* de Madame la princesse des Ursins avec Madame de Maintenon.

[3] Madame de Maintenon ; Collect. La Beaumelle, VIII, pag. 47, à l'abbesse de Germer-fontaine.

morency, la vaisselle d'emprunt, les convives, Mme de Miossens, Mme et Mlle de Sarac, Mme de Caylus et ses deux enfants, un vieux gentilhomme ridicule, Mme d'Aubigné tout onctueuse, Mlle de Mérode toute raide, Mlle de La Barge tout endormie; Mlle du Breuilhac y manqua, parce qu'elle se confessait et faisait son testament: une fluxion subite lui avait élargi le visage si monstrueusement qu'on la crut à l'agonie. Toute l'honorable compagnie, après avoir bien ri, bien dansé, alla voir la malade, qui était dans toute la négligence d'une agonisante surprise. N'avez-vous pas, madame, quelque regret de n'avoir pas fait la quinzième à cette table où l'on n'était assis que de côté? J'admire et j'envie Mme d'Heudicourt [1].

Elle était digne, en effet, d'admiration et d'envie, car, à son âge, infirme et « hideuse [2] », elle avait tout l'entrain de la jeunesse et possédait presque seule le secret de dérider cette Cour attristée par tant de revers. A l'ouverture de cette malheureuse campagne de 1708, qui se termina par la défaite d'Oudenarde et la perte de Lille, on put croire un moment que la fortune allait revenir sous nos drapeaux. L'armée des princes surprit Gand et Bruges, et la nouvelle en arriva pendant que la Cour était à Fontainebleau. Ce fut une ivresse générale, une joie effrénée [3]. Mme de Maintenon redevint « fort gaie et vigoureuse », et dans ce cercle restreint qui formait alors son entourage intime, ni petits ni grands ne surent contenir leur transport. Mlle du Breuilhac, une jeune fille de douze ans [4] qu'elle élevait auprès d'elle, ne faisait que sauter comme une chèvre, tandis que, plus discrète et plus avisée, la jolie favorite du vieux monarque, Jeannette de Pincré, se contentait de mettre un habit neuf et de se montrer beaucoup plus fière. Les grandes personnes étaient moins sages encore; dans l'excès de son ravissement, Mme de Dangeau déchira sa chemise, et Mme d'Heudicourt, plus folle que tous les autres, courut embrasser le Roi [5].

---

[1] A Madame de Dangeau, 14 juillet 1707. Lettre charmante, mais qui n'a encore été donnée que par La Beaumelle, éd. Amsterdam, tom. VII, pag. 65.

[2] Saint-Simon; IV, 291.

[3] *Ibid.*, IV, 173.

[4] Sur cette jolie petite enfant, voir le charmant tableau que fait Saint-Simon, V. 403.

[5] Ces détails intimes se trouvent dans une lettre de Mademoiselle d'Aumale à Madame du Pérou. *Lettres et hist. édifiantes*, II, 241, 242.

Il y avait néanmoins quelque chose qui troublait cette âme si légère. Ce n'étaient pas les avis de son confesseur, quoiqu'elle eût pris celui de Saint-Cyr, un grave et sérieux ecclésiastique, l'abbé Treilh, c'était une toute petite misère : la peur des esprits. « Elle ne pouvait, raconte Saint-Simon, rester seule le soir ou la nuit dans sa chambre ; elle avait des femmes à gages qu'elle payait et qu'elle nommait ses occupées. Cette folie, si singulière dans une telle femme, alla au point de mourir de peur d'un vieux perroquet qu'elle perdit après l'avoir gardé vingt ans. Elle en redoubla d'occupées [1]. »

A la fin de 1708, sa santé, depuis longtemps fort altérée, devint plus mauvaise. Mme de Maintenon ne la quitta point pendant sa dernière maladie et la vit mourir, le 24 janvier 1709 [2]. Cette perte d'une amie aussi ancienne et aussi nécessaire lui fut très-sensible. Elle chercha à consoler les enfants de Mme d'Heudicourt, en s'occupant activement de leur fortune. L'aîné, qui ressemblait à sa mère du côté de la malice et de la peur des esprits [3], obtint la pension de deux mille écus dont elle avait joui [4], et fut fait brigadier des armées du Roi dans cette même année 1709 ; le cadet reçut l'évêché d'Évreux, mais il mourut sans avoir été sacré, au commencement de 1710 [5]. Mme de Maintenon survécut un peu plus de dix ans à cette compagne de sa jeunesse, mais le souvenir de cette dernière amie de ses mauvais jours resta toujours présent à son esprit, et plus tard, malade elle-même et dans un abattement qui lui faisait présager sa fin prochaine, elle rappelait qu'elle trouvait aux potages la même fadeur qu'y trouvait autrefois Mme d'Heudicourt [6].

Avec cette dernière, s'en était allée presque toute la joie du triste intérieur de Louis XIV et de Mme de Maintenon. Quand ils n'eurent plus son badinage pour les divertir et les distraire, lorsqu'ils se trouvaient seuls, ils ne surent plus où se prendre, et n'eurent pour les amuser que l'enfantine fami-

---

1 Saint-Simon ; IV, 292.

2 Dangeau ; XI, pag. 314.

3 Saint-Simon ; IV, 292.

4 Dangeau ; XII, pag. 3.

5 Le P. Anselme ; VIII, 924.

6 A Madame de Glapion, *Lettres historiques et édifiantes*, II, 460. Madame de Maintenon mourut le 15 avril 1719.

liarité de Jeannette de Pincré, devenue Mme d'Auxy. « Croirait-on, dit Saint-Simon, que ce fut la seule ressource des moments oisifs de leur particulier, jusqu'à la fin de la vie du Roi [1]? »

Mme de Maintenon avait donc tout lieu d'être fort affligée de la mort de Mme d'Heudicourt, « car elle et le Roi y perdirent beaucoup de plaisir ; mais, ajoute Saint-Simon, le monde aux dépens de qui elle le donnait, gagna beaucoup, car c'était une créature sans âme. La Cour fut délivrée d'une manière de démon domestique en sa personne [2] ».

Quant à son mari, le marquis d'Heudicourt, il continua à jouer, à vivre dans la débauche, épousa même en 1715 une fille de Surville « pour se recrépir », dit Saint-Simon, et finit par mourir chez lui à la campagne, trois ans après Louis XIV, un an avant Mme de Maintenon [3].

Dans la destinée de Françoise d'Aubigné, si singulière et encore si mystérieuse, quoi qu'en aient écrit M. le duc de Noailles et M. Théophile Lavallée, n'est-ce point un côté bien singulier et bien mystérieux aussi que cette intimité constante avec Bonne de Pons ? La femme de Louis XIV n'estimait point et ne pouvait point estimer Mme d'Heudicourt, car ni la vie, ni le genre d'esprit de celle-ci ne pouvaient mériter l'estime d'une personne vertueuse. D'où venait donc une affection si ferme et si soutenue ? Était-ce reconnaissance des services rendus, fidélité au souvenir de ses anciens protecteurs, le maréchal et la maréchale d'Albret ? Ou bien pour cette femme, si justement définie par Fénelon [4] et « qui voulait aller à Dieu de tout son cœur, mais en cherchant le *moi*, même en Dieu », la légèreté de Mme d'Heudicourt servait-elle de contraste, et n'était-elle qu'une ombre destinée à faire mieux briller le solide éclat de sa propre vertu ? Qui sait ! l'amour-propre, même dans les âmes honnêtes, a de ces calculs cachés ; et, quand on lit les entretiens confidentiels avec Mme de Glapion et Mme de Caylus, où Mme de Maintenon s'exprime sur le compte de son amie avec si peu d'estime, en même temps qu'elle manifeste d'une façon si naïve « l'attachement qu'elle a pour elle-même et pour le témoignage de sa propre vertu », l'on serait pres-

[1] Saint-Simon ; V, 404. Jeanne de Pincré avait épousé M. d'*Auxy* ou d'*Ossy*.

[2] *Ibid.* ; IV, 293 et 294.

[3] *Ibid.* ; tom. VII, 314 et XI, 64.

[4] Fénelon à Madame de Maintenon, 1690. *Correspond. génér.*, III, 260.

que tenté de penser qu'elle a pu faire un de ces calculs au sujet de Mme d'Heudicourt ? Fénelon, cet observateur si pénétrant et si impitoyable des replis les plus secrets du cœur, ne nous la représente-t-il pas comme toujours occupée, même dans les circonstances les plus critiques, des jalousies, des délicatesses, des ombrages, des aversions, des dépits et des finesses de femme[1] ?

Sans compter que Bonne de Pons, qui savait tant de choses et qui avait vu tant d'événements, aidait mieux que personne la femme de Louis XIV dans la tâche ingrate de l'amuser par des plaisirs décents. Née pour la Cour et formée par une longue expérience à s'y montrer « sans volonté et sans autre goût que celui du maître[2] », elle le charmait par sa souplesse et sa complaisance, mais elle le séduisait encore plus par les saillies de sa conversation enchanteresse. Et pourquoi Mme de Maintenon n'aurait-elle pas elle-même subi l'attrait de cette imagination si divertissante ? Pourquoi n'aurait-elle pas aimé dans Mme d'Heudicourt, malgré tous ses défauts et tous ses travers, un esprit délicat qui tendait à disparaître et dont elle retrouvait les restes dans ce dernier et brillant représentant de la société d'autrefois ? « Je vous avoue, madame, que les femmes de ce temps-ci me sont insupportables : leur habillement insensé et immodeste,..... tout cela est si insupportable à mon goût, et, ce me semble, à la raison, que je ne puis le souffrir. J'aime les femmes modestes, sobres, gaies, capables de sérieux et de badinage, polies, railleuses d'une raillerie qui enferme une louange, dont le cœur soit bon et la conversation éveillée[3]. »

Cet éloge s'adresse à Mme des Ursins, autre amie du temps passé; mais il convient aussi, du moins avec quelques réserves, à Mme d'Heudicourt. Et voilà peut-être l'explication de cette amitié si fidèle. La conversation éveillée de Bonne de Pons paraissait, aux yeux de Mme de Maintenon, ennuyée de son élévation, abreuvée de soucis et de dégoûts, un souvenir vivant d'autrefois, une image animée des charmantes causeries de l'hôtel d'Albret ou de

---

[1] Fénelon; *Lettre au Duc de Chevreuse*, 8 mars 1712.

[2] «Il faut ici être sans volonté et sans autre goût que celui du maître.» Madame de Maintenon; *Lettres historiques et édifiantes*, tom. II, pag. 273.

[3] Lettre à la princesse des Ursins, citée par Sainte-Beuve, *Causeries du lundi*, tom. V, pag. 439.

l'hôtel de Richelieu. Elle y retrouvait le ton de la bonne compagnie, ce ton qui lui était si cher, qu'elle avait, elle le confesse elle-même, grand'peine à en prendre un autre[1]; et cet amusant commerce la faisait pour ainsi dire revivre dans ces cercles brillants dont elle avait été l'âme aux jours à jamais disparus de la jeunesse et des illusions.

APPENDICE.

Lettre de Mme de Maintenon à son cousin, M. de Villette, *publiée par* M. H. Bonhomme, *en 1861*.

C'est à l'occasion d'une lettre publiée dans le *Bulletin du Bibliophile* (XVe série, 1861, p. 320), que j'ai entrepris ces recherches sur Mme d'Heudicourt et sur ses relations avec Mme de Maintenon. Voici cette lettre, telle que l'a donnée M. Honoré Bonhomme en 1861. (*Lettres et documents inédits relatifs à Mme de Maintenon et à sa famille.*)

« Ce jour de Pâques. — Je suis presque toujours malade. Je vais souvent à Saint-Germain. J'ai beaucoup d'affaires et je suis très-paresseuse. Voilà les raisons qui m'ont empêchée de vous écrire plus tôt. J'ai longtemps attendu que vous eussiez reçu la réponse de M. Colbert : car je ne suis pas de manière[2] avec lui à lui aller vous proposer pour l'ambassade de Moscovie. Mais s'il vous avoit agréé, je pourrois traiter les conditions avec lui et faire tout de mon mieux pour que l'on vous en fît d'avantageuses. Voilà les seuls services que je suis en état de vous rendre, et, quoi qu'on vous dise de ma faveur, il s'en faut de beaucoup que je gouverne l'État.

» J'ai été sensiblement touchée d'être obligée d'abandonner Mme d'Emdicourt[3]; mais je ne pouvois plus la soutenir sans nuire beaucoup à ma réputation et à ma fortune.

» J'ai reçu les dépêches de ma cousine, qui étoient admirables. Je les ai données en bon lieu. M. et Mme de Fonmort ont ici une fâcheuse affaire et dont ils ne peuvent sortir que très-désagréablement. J'en suis très-fâchée, et j'y fais tout de mon mieux.

» Adieu, mon cher cousin. Je suis toute à vous, et du meilleur de mon cœur. Maintenon. » — *Et au dos* : A Monsieur de Villette, à Niort.

---

[1] *Correspond.* avec le cardinal de Noailles.

[2] M. Lavallée supprime *de manière*.

[3] Lavallée rétablit l'orthographe habituelle du nom de Madame d'Heudicourt.

Cette lettre, adressée à un cousin germain de Mme de Maintenon, Philippe le Valois, marquis de Villette, mort lieutenant-général de marine, au mois de décembre 1707, ne porte point l'indication du lieu où elle a été écrite, et n'a pour date que ces mots : *Ce jour de Pâques.* M. Lavallée, en l'insérant dans la *Correspondance générale* de Mme de Maintenon, la rapporte à l'année 1671. Il ne fait pas connaître la raison de cette chronologie, mais il est manifeste qu'il a choisi cette date, parce que l'année 1671 est l'époque de la plus fameuse disgrâce de Mme d'Heudicourt. Mais comment, en 1671, la gouvernante des enfants de Mme de Montespan aurait-elle pu écrire : « Quoi qu'on vous dise de ma faveur, il s'en faut de beaucoup que je gouverne l'État » ? Mme Scarron n'était pas même alors établie à la Cour, et tout le monde connaît l'antipathie qu'elle inspira d'abord à Louis XIV. «Elle avait été auprès des enfants, dit l'abbé de Choisy, six ans sans que le Roi l'eût vue quatre fois, et quand on amenait l'enfant au Roi, elle avait la prudence de se retirer» (Coll. Petitot, 2e série, t. LXIII, p. 364).— D'un autre côté, comment M. de Villette, qui avait, il est vrai, servi vingt ans à terre, mais dans des emplois inférieurs, et qui sollicitait vainement, depuis 1668, de rentrer dans son emploi (*Corresp. générale*, tom. 1, 131, lettre du 22 mars 1668), pouvait-il, en 1671, aspirer à l'ambassade de Moscovie ?

Mais, même l'année suivante, Louvois ne trouvait encore rien de faisable pour lui (Lettre datée : Ce samedi soir, janvier 1672 ; *Corresp. gén.*, I, 161). Voilà deux raisons bien fortes pour ne pas admettre la date avancée par M. Lavallée. Il en est une troisième qui la rend tout à fait impossible. Dans le texte publié par l'éditeur de la *Correspondance générale,* la lettre s'arrête à ce mots : *j'y fais tout de mon mieux* ». Mais dans le manuscrit autographe, viennent encore des compliments ainsi conçus : «Adieu, mon cher cousin, je suis toute à vous, et du meilleur de mon cœur. Maintenon». — La lettre est donc signée *Maintenon*, et par conséquent ne peut absolument être de l'année 1671, puisque c'est seulement pendant l'hiver de 1674 à 1675 que Françoise d'Aubigné quitta le nom de son mari et se mit à prendre celui de la terre qu'elle venait d'acheter avec les libéralités de Louis XIV.

Le billet daté du jour de Pâques n'a donc point été écrit avant 1675. Nous allons essayer de démontrer qu'il ne peut l'avoir été après 1679.

Et tout d'abord, Colbert, dont Mme de Maintenon parle dans cette lettre, mourut le 6 septembre 1683 : il ne peut donc pas être question des jours de Pâques qui suivirent sa mort.

En 1683, Pâques tombait le 18 avril. M. de Villette, entré depuis 1672 dans la marine, montait alors *l'Excellent*, et se trouvait précisément, au commencement d'avril, dans les eaux de Cadix (*Mémoires* du marquis de Villette, publiés pour la Société de l'histoire de France, par M. Monmerqué, 1844. — p. 61). Mme de Maintenon ne pouvait donc lui écrire à Niort, où il n'était pas.

Elle aurait pu le faire en 1682 comme en 1681, car à ces deux époques M. de Villette était en Poitou. Mais d'une part, pendant le carême de 1682 — c'est Mme de Maintenon qui l'annonce elle-même à son frère (*Cor. gén.*, II, 231), — Mme d'Heudicourt était revenue de son exil; est-il alors possible d'attribuer à cette année-là une lettre dans laquelle il est au contraire question de sa disgrâce? D'autre part, en 1681, Mme de Maintenon écrivit certainement à M. de Villette, le samedi saint (5 avril, *Cor. gén.*, II, 15): elle n'avait donc pas, le lendemain, à s'excuser, comme elle le fait dans notre billet, de ne lui avoir point écrit plus tôt.

Reste encore 1680. Mais le jour de Pâques M. de Villette était en route pour Lisbonne (*Mém.*, pièces justificatives, p. 168), et Mme de Maintenon le savait mieux que personne, elle qui, pour disposer des enfants de son cousin et les élever dans la religion catholique, avait engagé M. de Seignelay à l'envoyer en Amérique (*Souvenirs* de Mme de Caylus, p. 372).

Ainsi, la letre donnée au public par M. Bonhomme n'a point été écrite avant 1679; et, comme nous avons prouvé qu'elle ne pouvait être antérieure à 1675, il en résulte qu'il faut la placer entre ces deux dates 1675, 1679. A laquelle de ces cinq années faut-il la rapporter?

Pendant les trois premières, M. de Villette se trouvait toujours en mer le jour de Pâques. En 1675 et en 1676, il était avec M. de Vivonne, et se couvrait de gloire dans plusieurs combats (*Mém.*, p. 23 et suiv., p. 34 et suiv.). En 1677, il était encore retourné à Messine, et croisait avec *le Henry* dans les eaux de la Sicile et de l'Italie (*Mém.*, p. 48).

Voilà donc encore trois ans à retrancher des cinq, et nous n'avons plus qu'à choisir entre 1678 et 1679.

Sur la fin de 1677, M. de Villette avait ramené son vaisseau pour le désarmer à Toulon et se rendre lui-même à la Cour (*Mém.*, p. 49 et 50). Depuis ce moment jusqu'à son départ pour l'Amérique, en 1680, il ne reprit point la mer et passa la plus grande partie de son temps en Poitou, pendant les années 1678 et 1679. Rien n'empêche donc que notre billet ne puisse appartenir à l'une ou l'autre de ces deux années.

Seulement, le 2 avril 1678, Mme de Maintenon écrit à M. de Villette une longue lettre (*Corr. gén.*, II, 35); est-il concevable que huit jours après, Pâques étant cette année-là le 10 avril, elle s'excuse, comme elle le fait dans l'autographe de M. Bonhomme, d'être si paresseuse et de n'avoir pas écrit plus tôt au marquis?

Ce serait donc en 1679 qu'aurait été fait le billet dont nous cherchons la date. Cette année-là, M. de Villette, inactif depuis qu'il avait désarmé *le Henry IV*, cherchait à être employé, et songeait tantôt à conduire l'ambassadeur français à Constantinople, tantôt à être envoyé lui-même comme ambassadeur en Moscovie. Mais sa religion, dans laquelle il s'obstinait, était un obstacle à tous les avantages qu'il pouvait espérer (*Corr. gén.* de Mme de Maintenon, II, p. 156). Aussi sa cousine, qui se lassait d'agir pour lui, sans pouvoir rien obtenir, finissait-elle par se décourager. De là, cette phrase, écrite certainement avec quelque humeur: «Quoi qu'on vous dise de ma faveur, il s'en faut de beaucoup que je gouverne l'État ».

Avec cette date de 1679, tout s'explique dans l'autographe de M. Bonhomme. Mme de Maintenon a pu signer du nom de sa terre, puisqu'elle le portait depuis 1675. Elle a pu sans crainte faire allusion à sa faveur, car elle était en 1679 « parfaitement bien avec le centre de toutes choses » (Mme de Sévigné, 24 novembre, Éd. Hachette, t. VI, p. 33). Elle se dit presque toujours malade : elle le fut souvent en effet, pendant l'hiver de 1679 (*Corr. gén.*, t. II, p. 41, 52, 59). Enfin, elle se plaint d'avoir beaucoup d'affaires, et précisément vers la même époque, elle écrivait à son frère : « Il faut que (M. Legois) ne croye pas que je fasse ses affaires dans un temps où je ne puis donner un moment aux miennes (à d'Aubigné, janvier 1679, t. II, p. 46).

Il n'est pas jusqu'à cette phrase : « Je vais souvent à Saint-Germain», difficile à expliquer depuis que Mme de Maintenon est à la Cour, qui ne trouve, en 1679, son explication toute naturelle. A cette époque, Mme de Montespan, furieuse de la nouvelle passion de Louis XIV pour Mlle de Fontange, ne pouvait tenir à Saint-Germain, et promenait partout son humeur et ses inquiétudes, tantôt à Paris, tantôt à Clagny, tantôt même à Maintenon chez la gouvernante de ses enfants. C'est là qu'elle passa la fête de Pâques (2 avril), — Voy. lettre du marquis de Trichâteau dans les *Lettres de Bussy-Rabutin*, t. IV, p. 344, et probablement c'est aussi de ce château qu'est partie la lettre au marquis de Villette.

Enfin, cette date de 1670 paraît encore confirmée par un passage d'une autre lettre de Mme de Maintenon à son cousin, conservée dans le cabinet de M. le duc de Noailles, et qui probablement ne porte que la date du mois : avril (*Corr. gén.*, t. I., p. 155, 156.), mais qui est assurément du même temps que l'autographe de M. Bonhomme, puisqu'il y est également question de l'ambassade de Moscovie.

Cette lettre se termine par ces mots : « Je vous rends grâces de vos pois ; il n'y en aura ici de longtemps, et je crois qu'il n'y a que le Roi et moi qui en ayons mangé. J'embrasse Philippe ».

Il n'y en aura ici de longtemps, écrit Mme de Maintenon, et précisément l'hiver de 1679 avait été particulièrement rigoureux : « la gelée, dit le médecin de Louis XIV, dura opiniâtrément pendant trois mois, et le dégel n'arriva que tout à fait à la fin de février» (*Journal de la Santé du Roi*, p. 141). De là, naturellement, le retard des primeurs.

Ainsi, tout concorde pour fixer à Pâques de 1679 la lettre possédée par M. Bonhomme, et par conséquent une nouvelle et dernière disgrâce de Mme d'Heudicourt, dans laquelle Mme de Maintenon fut obligée de l'abandonner, «pour ne pas nuire à sa réputation et à sa fortune ».

Il est d'ailleurs certain que Françoise d'Aubigné n'a pas rompu seulement une fois avec Bonne de Pons. Elle se brouilla avec elle en 1671, c'est évident; mais nous avons vu que cette première rupture fut suivie, deux ans après, d'une réconciliation. Cependant nous savons par Mme de Caylus (p. 442 et suiv.) qu'en 1683, Mme de Maintenon ne voyait point encore Mme d'Heudicourt. Il fallait donc qu'elle se fût de nouveau brouillée avec elle et l'eût abandonnée une seconde fois. Mme de Caylus, qui ne sait que « confusément » toute cette histoire, semble croire que la disgrâce de Mme d'Heudicourt dura sans interruption de 1671 à 1684, et que les deux amies restèrent brouillées pendant tout cet intervalle. Mais il est impossible de concilier cette opinion avec les témoignages qui montrent la participation de Mme d'Heudicourt à toutes les fêtes royales de 1676 et de 1677. La lettre au marquis de Villette, en nous faisant connaître l'époque d'une nouvelle et dernière disgrâce, s'accorde au contraire avec tous les renseignements contemporains et ne contredit même pas Mme de Caylus, puisque cette dame avoue qu'elle sait mal ce qui concerne Mme d'Heudicourt. D'ailleurs, les souvenirs de Mme de Caylus, vrais dans leur ensemble, sont, pour les dates et les circonstances, souvent très-confus, et ne doivent être acceptés qu'avec défiance.

Extrait des Mémoires de l'Académie des Sciences et Lettres de Montpellier. (Section des Lettres).

Montpellier. — Typogr. Boehm et Fils.

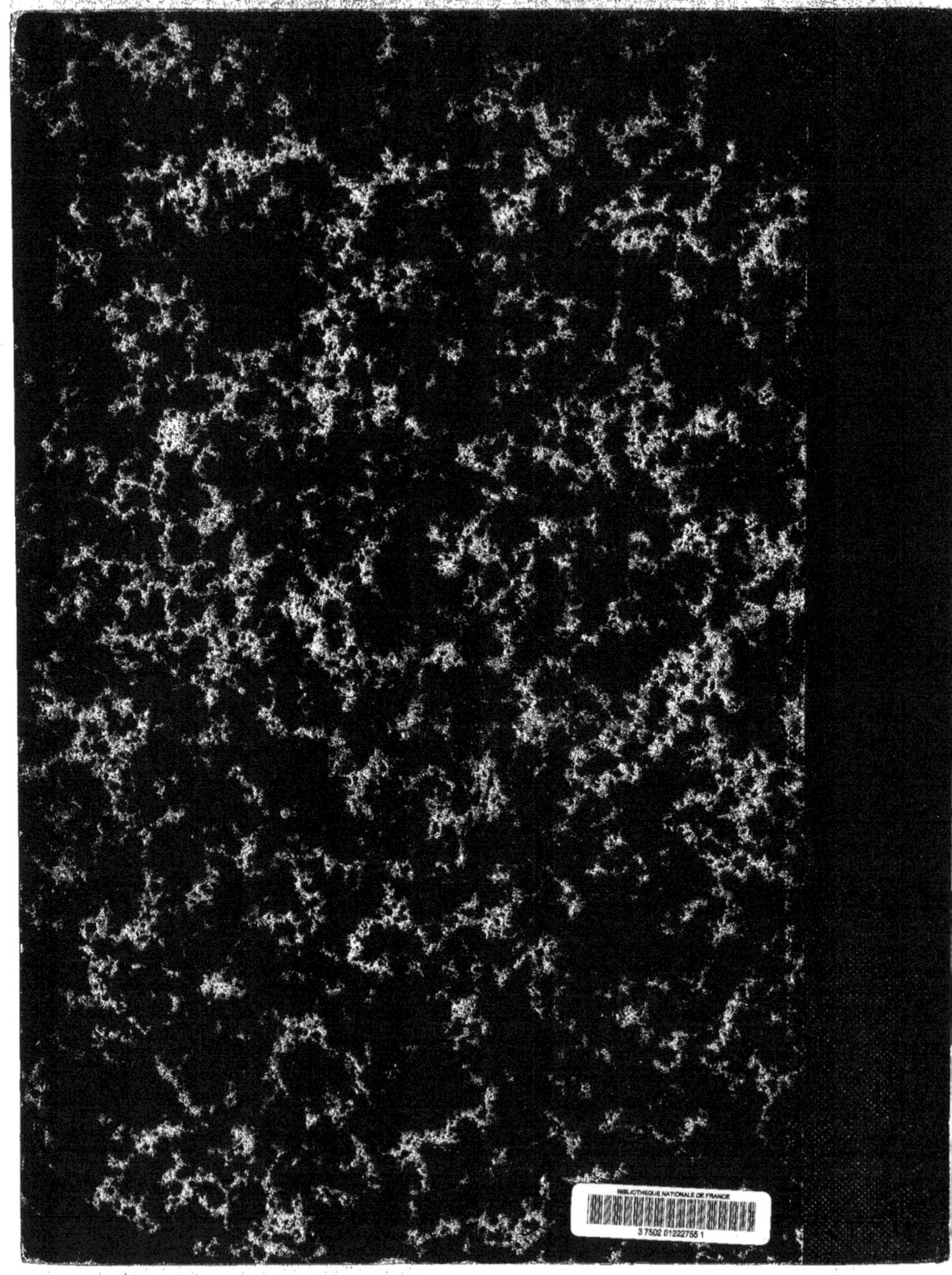

REVILLOUT. - Mme D'HEUDICOURT & Mme DE MAINTENON. MONTPELLIER 1877.

www.ingramcontent.com/pod-product-compliance
Ingram Content Group UK Ltd.
Pitfield, Milton Keynes, MK11 3LW, UK
UKHW020420230726
13925UKWH00004B/1535